A.S. Dowidat

# *Die Geschichte von Ulrich, der bei IKEA einzog und das Glück fand*

*Roman*

A.S. Dowidat

# Die Geschichte von Ulrich, der bei IKEA einzog und das Glück fand

ROMAN

adeo

# 1.

Ulrich ahnte, dass es so ausgehen würde wie immer: Wieder würde er sich den äußeren Verhältnissen fügen. Mit hängenden Schultern saß er vor dem Schreibtisch des Arbeitsvermittlers und beobachtete eine kleine Fliege, die auf dem Rand des Computermonitors herumlief. Dann hob sie ab, schwirrte noch einen Moment im Zimmer umher und entschwand durch das gekippte Fenster in die Freiheit.

Eben hatte der Arbeitsvermittler Ulrich freundlich, aber bestimmt darauf hingewiesen, dass er nach der Kündigung viel früher und nicht erst nach Monaten der Untätigkeit zum Amt hätte kommen müssen, nun würde sein Arbeitslosengeld gekürzt werden. Ulrich protestierte nicht, sondern nickte nur stumm, als sei er mit allem einverstanden, was das Amt mit ihm vorhaben könnte. Der Mitarbeiter des Amtes fragte Ulrich, in welchem Bereich er eine neue Stelle suche. Ulrich traute sich nicht zu sagen, dass er sich eigentlich gar keine Stelle, sondern nach dem Tod seiner Eltern endlich ein ganz neues Leben wünschte, daher antwortete er nur, dass er da ganz offen sei.

Damit hatte er offenbar das Richtige gesagt, der Arbeitsvermittler schien erleichtert, dass sein Gegenüber keine großen

Ansprüche stellte. Kurz blickte er auf seinen Computerbildschirm und teilte Ulrich dann mit, dass er im kaufmännischen Bereich auch mit Mitte vierzig noch gut vermittelbar sei.

Ulrich wollte alles andere als irgendwohin vermittelt werden, doch seine Situation schien ihm wie so oft unabänderlich. Da er nicht einmal genau wusste, wie ein neues Leben aussehen könnte, noch sich in der Lage zu tatkräftigen Entscheidungen sah, erklärte er sich stets mit allem einverstanden, was von ihm gefordert wurde. Als der Arbeitsvermittler Ulrich die Vereinbarung aushändigte, die seine Verpflichtung zur Stellensuche enthielt, unterschrieb er sie, ohne zu zögern.

Rasch nahm er seinen Rucksack und verließ das Amt; erst, als er an der frischen Luft war, fühlte Ulrich sich kurzzeitig wie ein Entkommener. Er blickte umher, doch die Fliege war nirgends zu entdecken. Nichts zog ihn in seine leere Wohnung zurück, in der niemand auf ihn wartete und in der ihn sofort das Gefühl überfallen würde, seinen Verpflichtungen dem Amt gegenüber nachkommen zu müssen.

So lief Ulrich durch die Straßen zur nächsten Bushaltestelle, um den Weg einzuschlagen, der ihm momentan als einziger Ausweg aus seiner Lage erschien: Nur noch im Möbelhaus konnte er seiner trostlosen Stimmung entgehen. Dort würde er in eine Welt voller geordneter Zuversicht und Glücksversprechen eintauchen und sich seinen Beobachtungen überlassen. Im Strom der anderen Besucher fühlte er sich seinen inneren Unverständlichkeiten weniger ausgeliefert, vielmehr konnte er im Möbelhaus an einer allgemeinen Stimmung von Aufbruchsbereitschaft und Lebenstüchtigkeit teilhaben.

Als er an einem Kind vorbeiging, das ihn mit großen Augen ansah, als wüsste es um seine inneren Verhältnisse, erinnerte sich Ulrich plötzlich wieder an den Traum, den er in der Nacht gehabt hatte. Er hatte vor der Warenausgabe des Möbelhauses gesessen und nach draußen geblickt.

In der Ferne hatte er das hoch aufragende blau-gelbe Firmenschild gesehen, das sein Licht in die Nacht hinausstrahlte. Der große Parkplatz vor dem Möbelhaus war bis auf ein einzelnes Auto in der Nähe des Eingangs leer gewesen.

Im Halbdunkel des Bistros hatte er gemeint, einzelne Schemen zu erkennen. Manche hatten an einem der Tische gestanden, andere waren im Bistro umhergegangen, als suchten sie nach einem freien Tisch oder nach etwas anderem. An einem der Tische hatte er einen kleinen Jungen entdeckt, der zu der Frau und dem Mann neben sich hinaufblickte. Der Junge reichte kaum an die Tischkante heran, und vergeblich hatte er sich bemüht, die Aufmerksamkeit seiner Eltern zu erregen.

Lange hatte er zu dem Jungen hingesehen. Er hatte aufstehen und zu ihm gehen wollen, sich jedoch nicht bewegen können. Neben sich fand er eine Taschenlampe; mit dem Lichtstrahl hatte er den Jungen, den Mann und die Frau umkreist. Endlich konnte er aufstehen, doch da war der Junge verschwunden, und auch sonst war niemand mehr zu erkennen gewesen.

Er war aufgestanden und hatte das leere Bistro durchquert, dann war er an den Kassen vorbei in die Selbstbedienungshalle des Möbelhauses gegangen, wo die Regale wie stumme Riesen in die Dunkelheit ragten. Der Lichtkegel der Taschenlampe lief vor ihm auf dem Boden.

Plötzlich hatte er weit hinten in der Halle ein zweites Licht gesehen. War dort noch jemand gewesen? Immer stärker hatte er das Gefühl gehabt, unbedingt dorthin gelangen zu müssen, wo er das Licht sah. Er war innerlich aufgewühlt und voller Freude gewesen. Doch als er weiter in die Selbstbedienungshalle gegangen war, war er aufgewacht.

Eine knappe Stunde später betrat Ulrich das Möbelhaus, das sich längst mit den Besuchern des neuen Tages gefüllt hatte. Auf der Rolltreppe fuhr er in den ersten Stock hinauf, ein junges Paar vor ihm schwenkte sogleich nach rechts in Richtung Restaurant, wo morgens ein günstiges Frühstück angeboten wurde. Ulrich bog nach links in die Möbelausstellung ab, wo einige Besucher bereits auf Sofas und Sesseln verweilten, um deren Bequemlichkeit zu testen, und an Küchentischen und Schreibtischen saßen, um deren Tauglichkeit für ihr Leben auf die Probe zu stellen. Ein Rentnerpaar lief durch die Wohnzimmerausstellung, die Frau führte den Mann zu einem der ausladenden Sofas und setzte ihn dort ab, dann ging sie weiter durch die Möbelausstellung. Der Mann blickte still und friedlich umher. Eine Frau, die sich zwei gelbe Plastiktaschen um die Schultern gehängt hatte, ließ unbemerkt erst zwei kleine Tischlampen und dann drei Bücher, die sie von einem der Ausstellungsregale genommen hatte, in ihren Taschen verschwinden.

Auf seinem Streifzug durch die Ausstellungshalle hielt Ulrich hier und da inne, griff nach einem Möbeletikett und studierte die Einzelheiten des Möbelstücks, als wäre auch er jemand, der sich zu einem Kauf entschließen könnte. Und sollte er nicht ohnehin neue Regale kaufen? Viele seiner Regale stammten noch aus Jugendtagen. Als er vor zehn Jahren endlich in eine eigene Wohnung gezogen war, hatte er sie von zu Hause mitgenommen. Doch wozu sollte er neue Regale kaufen, wenn es auch die alten noch taten? Zumindest könnte er neue Bettwäsche anschaffen, überlegte Ulrich. Er besaß nur zwei Garnituren, von denen die eine bereits dünn und verschlissen war. Doch war auch dieser Kauf unbedingt nötig? Schließlich lebte er allein und niemand konnte Bemerkungen darüber machen, dass die Kopfkissenbezüge rissig waren und am Deckenbezug unten drei Knöpfe fehlten. Was waren schon drei fehlende Knöpfe!

Ulrich ahnte, dass er es nicht einmal schaffen würde, neue Glühlampen mitzunehmen. Am Vorabend war die Birne in der Küche durchgebrannt und er hatte keine 60-Watt-Birne mehr gefunden. Aber reichte für die Küche nicht auch eine von den 40-Watt-Birnen aus? Wäre es nicht besser, erst die alten Glühbirnen zu verbrauchen, die er noch aus dem Vorrat seiner Eltern hatte, bevor er neue energiesparende Glühlampen kaufte? Wie so oft fand er sich in einer Stimmung der allgemeinen Unschlüssigkeit wieder, aus der er sich nur durch die stille Betrachtung der anderen Möbelhausbesucher retten konnte.

Ulrich setzte sich in einen Ohrensessel und ließ die zahlreicher werdenden Besucher an sich vorbeiströmen. Sicher waren sie alle in der Lage, das Leben tatkräftig zu meistern und ohne viel Nachdenken die richtigen Entscheidungen zu treffen.

In der letzten Zeit hatte er sich immer häufiger im Möbelhaus aufgehalten, das er von früheren gelegentlichen Besuchen kannte. Bei seinen Beobachtungen hatte er oft das Gefühl, dass er Dinge sah, die anderen gar nicht auffielen oder von denen sich die anderen möglichst schnell abwandten, um nicht von einer möglichen Verrücktheit angesteckt zu werden.

Und da! Schräg gegenüber nahm gerade ein älteres, aber noch jugendlich wirkendes Paar in einem der ausgestellten Wohnzimmer Platz. Die Frau holte zwei Plastikdosen und Servietten aus ihrem Rucksack und legte sie auf den Couchtisch, der Mann entnahm seinem Rucksack eine altmodische Thermoskanne. Dann packte die Frau dick belegte Brote aus und der Mann goss Tee ein. Fröhlich verspeisten sie ihr Picknick. Dabei stupsten sie sich gelegentlich in die Seiten und kicherten wie kleine Kinder. Sofort fühlte sich Ulrich von ihrer Lebensleichtigkeit und Heiterkeit angesteckt. Wie richtig es wenigstens gewesen war, sofort das Möbelhaus aufzusuchen! Ganze Tage konnte er dort der Trübseligkeit und Leere entgehen, die er in seiner kleinen Wohnung empfand.

Früher hatte es konkrete Anlässe gegeben, das Möbelhaus zu betreten. Manchmal hatte seine Mutter ihn gebeten, neue Kerzen und Servietten zu besorgen und ihr bei Gelegenheit vorbeizubringen. Von diesen hatte sie gerne einen großen Vorrat zu Hause gehabt, und Ulrich konnte sich nicht erinnern, dass sie ihn jemals vollständig aufgebraucht hätte. Doch seit einem halben Jahr gab es diese Anlässe nicht mehr.

Manchmal bildete Ulrich sich ein, die Mutter oder den Vater im Möbelhaus zu entdecken. Dann lief er eine Weile hinter dem Mann oder der Frau her, nur um bald festzustellen, dass sie nicht einmal eine entfernte Ähnlichkeit mit seinen Eltern hatten.

Die Mutter war bei einem Unfall ums Leben gekommen. Sie war in der Fußgängerzone von einem Lieferwagen angefahren worden, unglücklich gestürzt und kurz darauf im Krankenhaus verstorben. Nur zwei Monate nach dem plötzlichen Tod der Mutter war auch der Vater gestorben. Als Ulrich wie gewöhnlich nach der Arbeit bei ihm vorbeigeschaut hatte, hatte der Vater noch im Bett gelegen, er musste bereits in der Nacht gestorben sein. Lange hatte Ulrich an seinem Bett gesessen und auf die entspannten Gesichtszüge des Vaters geblickt. Schließlich hatte er seine kalte Hand berührt.

Ulrich konnte sich nicht erinnern, je eine tiefe Verbindung zwischen sich und den Eltern gespürt zu haben. Im Rückblick erschien es ihm manchmal so, als seien die Eltern schon vor seiner Geburt vom Leben erschöpft gewesen. Zwar hatten sie sich über das noch überraschend aufgetauchte Kind gefreut, als sie beide schon Ende dreißig und lange verheiratet waren, doch waren sie seltsam fern geblieben und Ulrich hatte sie kaum je als an seinen Wünschen und Hoffnungen interessiert erlebt.

In einem Möbelhaus dieser Kette waren Ulrichs Eltern nur ein einziges Mal zu Besuch gewesen, als es gerade in Mode gekommen war. Die Mutter hatte nur Bettwäsche, Teelichte und allerlei Kleinkram für die Küche mitgenommen, dem Vater war die Vorstellung, schwere Möbelpakete selbst auf die Ladefläche des kleinen Wagens hieven zu müssen, ein einziger Graus gewesen. Ulrich hatte die Zeit im sogenannten Kinderparadies gleich hinter dem Eingang verbracht, wo Eltern ihre Kinder abgeben konnten. Trotzdem war der Besuch dieses neuen Möbelhauses, zu dem so viele Menschen von weither strömten, für Ulrich ein außergewöhnliches Ereignis gewesen. Im Kinderparadies war damals die Hoffnung in ihm aufgekeimt, die Eltern könnten durch den Besuch des Möbelhauses zu neuen und ganz anderen Eltern verwandelt werden. Könnten sie dann nicht das Leben ebenso tatkräftig angehen, wie es auch die anderen Eltern zu tun schienen, die ihre Möbelpakete zupackend und schwungvoll in ihren Autos verstauten? Sein verwandelter Vater würde ihn beim Abholen lachend auf die Schultern nehmen, obwohl Ulrich dafür eigentlich schon zu groß war. Die verwandelte Mutter würde erzählen, wie sie die Wohnung mithilfe des ungewöhnlichen Möbelhauses ganz neu einrichten wollte. Lachend würde sein Vater die wuchtigen Möbelpakete in das Auto laden und den Kofferraumdeckel, der sich nun nicht mehr schließen ließ, mit einem dünnen Seil am Fahrzeug befestigen. Die Mutter hätte in der Zwischenzeit von der Imbissbude vor dem Möbelhaus für jeden eine Bratwurst mit Pommes frites besorgt.

Doch Ulrichs Mutter wäre nie eingefallen, für so etwas Geld auszugeben, sie hatte stets riesige Pakete mit Wurst- und Käsebroten mit sich geführt, wenn sie gemeinsam irgendwohin unterwegs waren. Und Ulrichs Vater wäre nie eingefallen, mit offenem Kofferraumdeckel durch die Gegend zu fahren.

Als die Eltern Ulrich aus dem Kinderparadies geholt hatten, waren sie noch die gleichen Eltern wie vorher gewesen und Ulrichs Wunschvorstellungen waren schlagartig zunichtegemacht worden. Der Vater hatte immer noch den Hut aufgehabt, der Ulrich geradezu lächerlich erschien, weil schon lange niemand mehr einen solchen Hut trug. Die Mutter hatte müde gewirkt, so als hätten sie die Möglichkeiten eines neuen Lebens, die das Möbelhaus doch unbezweifelbar bot, zutiefst erschöpft.

Als Ulrich auf dem Rückweg still und verzweifelt hinten im Auto gesessen hatte, war es ihm vorgekommen, als sei das Glücksversprechen des Möbelhauses an seinen Eltern abgeprallt wie an einer Mauer. Er hatte sich in die Vorstellung geflüchtet, dass er den Eltern in wenigen Jahren, wenn er selbst erwachsen wäre und ein Leben voller interessanter Möglichkeiten führte, die Wohnung völlig neu einrichten würde. Lachend und wie befreit würden die Eltern dann auf ihrem neuen Sofa sitzen und ihrerseits ganz neue Pläne für ihr Leben entwickeln.

Auch heute noch empfand er bei jedem Möbelhausbesuch eine Ahnung jener hoffnungsvollen Stimmung, die ihn damals überfallen hatte. Gerade wanderte Ulrich durch die Büromöbelausstellung. An den Schreibtischen zog er hier und da eine Schublade auf, dann setzte er sich auf einen Drehstuhl und drehte sich ein paar Mal um die eigene Achse. Wieder fiel ihm die Frau mit den gelben Taschen auf. Sie lief zwischen den Schreibtischen hin und her, mehrmals blickte sie sich kurz um. Plötzlich holte sie eine kleine rote Tischlampe aus einer der Taschen und stellte sie auf einen Schreibtisch, daneben legte sie ein Buch. Schnell verließ sie die Büromöbelausstellung wieder.

Gerade wollte Ulrich sich erheben und ihr folgen, da sah er ein Paar in seinem Alter, das Hände haltend durch die Büromöbelausstellung lief. Die beiden ließen sich erst los, als sie gegenüberliegende Schreibtische ansteuerten. Der Mann und die Frau setzten sich und lachten sich an. Dann holten sie kleine Zettel und Bleistifte aus den Taschen und begannen, sich gegenseitig Botschaften zu schreiben, die sie sich, zu kleinen Papierkugeln zusammengeknüllt, abwechselnd zuwarfen. Auch dabei lachten und alberten sie und versuchten offenbar, sich mit ihren Mitteilungen gegenseitig zu übertrumpfen. Was für eine Erlösung in ihrer Albernheit lag! Ulrich staunte einmal mehr, welche Auswege sich auftun konnten, wenn es für die eigenen Unbegreiflichkeiten nur den richtigen Verbündeten gab.

Er blickte umher, doch niemand sonst schien Notiz von dem Paar zu nehmen. Als er aufstehen und sich unauffällig in die Nähe des Paares begeben wollte, erhoben sich die beiden wieder und liefen Hand in Hand davon. Ulrich versuchte, sich seine Eltern so vorzustellen. Doch er kam nur bis zu der Stelle, wo sie sich an die Schreibtische setzten und danach still dort verharrten, als wüssten sie nicht, was sie als Nächstes zu tun hätten. Ulrich sah wieder einmal ein, dass das Schicksal, das die Eltern umgeben hatte, noch bis in seine eigene Gegenwart reichte.

Als Ulrich ein kleines Kind gewesen war, hatte es in der Nähe ihrer Wohnung zwischen den Häusern ein brachliegendes Grundstück gegeben, wo über Mauerresten hohes Gras wuchs. Das Grundstück hatte eine seltsame Faszination auf Ulrich ausgeübt, und auf einem Spaziergang hatte er die

Mutter irgendwann gefragt, warum dort kein Haus stünde. Zu seinem Erschrecken war die Mutter, die er bis dahin als ruhig und überlegt, wenn auch oft seltsam unbeteiligt an dem, was sie umgab, erlebt hatte, wie angewurzelt stehen geblieben. Sie hatte seine Hand so fest gehalten, dass es ihm weh getan hatte.

Dann hatte sie mehr hervorgestoßen als gesagt: »Da ist eine Bombe draufgefallen, das Haus war weg und alle waren tot.«

Bevor Ulrich noch irgendetwas hatte fragen können, hatte die Mutter ihn an der Hand weiter gezerrt. Am Abend jenes Tages hatte Ulrich vor dem Zubettgehen immer drängender darauf bestanden zu erfahren, was Bomben seien und warum sie auf Häuser fielen, doch die Mutter hatte nur gesagt, dass das nun alles vorbei sei und man darum nur froh sein könne. Auch der Vater hatte zu Ulrichs Fragen geschwiegen, sein ungewöhnlich lautes »Jetzt ist Schluss!« hatte den weinenden Ulrich endgültig ins Bett getrieben.

In der Folgezeit hatte es Ulrich lange nicht gewagt, an dem brachliegenden Grundstück vorbeizulaufen. Konnte man denn wissen, ob unter den Mauerresten nicht noch die Toten lagen? Von einer Großtante hatte Ulrich Jahre später erfahren, dass seine Mutter und sein Vater als Kinder bei einem Bombenangriff in einem Keller verschüttet worden waren. Beide Mütter waren dabei ums Leben gekommen und man schickte die unzertrennlichen Nachbarskinder zu der gleichen Pflegefamilie aufs Land. Niemand habe sich gewundert, dass sie später auch geheiratet hatten. Ulrich war das Leben seiner Eltern danach wie ein immer noch andauerndes Überleben erschienen, dessen sie sich selbst nicht einmal bewusst waren.

»Nun hat sie es hinter sich«, hatte der Vater nach dem Tod der Mutter einmal gesagt, und Ulrich hatte sich gefragt, ob der Vater damit das Leben im Allgemeinen meinte oder noch etwas anderes, das nie genauer benannt worden war.

Ulrich war als ein Verbündeter des elterlichen Schweigens aufgewachsen, der darauf bedacht war, die Eltern nicht unnötig aufzuregen oder zu belasten, sondern ihnen als verlässlicher Partner durchs Leben zu helfen. Nach seiner Schulzeit hatte der Vater Ulrich eine kaufmännische Ausbildung vorgeschlagen, mit der er auch selbst gut durchs Leben gekommen sei, und Ulrich hatte sich dem Wunsch des Vaters gefügt. Im Stillen hatte er angenommen, dass dies nur der notwendige Anfang von größeren Möglichkeiten sein würde, die bald auf ihn warteten.

Von da an hatte Ulrich morgens neben dem Vater gefrühstückt, auch wenn dieser dabei meist geschwiegen hatte. Trotzdem sorgte diese Gemeinsamkeit tief in seinem Innern für ein kleines Glücksgefühl, und er hatte stets gehofft, dem Vater auf diese Weise näher zu kommen. Auch er packte seine geschmierten Brote nun wie der Vater in eine Plastikdose und verstaute sie fürs Büro in einer Tasche. Sie hatten die Wohnung oft gemeinsam verlassen und waren dann in unterschiedliche Richtungen davongegangen.

Eben betrat ein älterer Mann die Büromöbelausstellung. Er setzte sich an einen Schreibtisch in Ulrichs Nähe und holte einen Laptop aus seinem Rucksack. Eine Weile sah er konzentriert auf den Bildschirm, ab und zu tippte er mit schnellen Fingern etwas in die Tastatur. Dann trat ein jüngerer Mann an den Schreibtisch heran. Der ältere machte eine einladende Handbewegung, der andere schob einen Stuhl heran und nahm ebenfalls an dem Schreibtisch Platz. Die Männer sahen sich an und klopften sich gegenseitig auf die Schultern. Dann holte auch der jüngere einen Laptop aus seiner Tasche und fing an zu arbeiten. Nach einer Weile klappten beide ihre Laptops wieder zu, standen auf und gingen gemeinsam weiter. Ulrich sah ihnen hinterher, doch bald waren sie in dem stärker werdenden Besucherstrom verschwunden.

Als Ulrich zu Hause ausgezogen war, waren die gemeinsamen Frühstücke mit dem Vater, der wegen einer Herzerkrankung vorzeitig in Rente gehen musste, lange vorbei gewesen. Längst war Ulrich seines eintönigen Büroalltags überdrüssig gewesen, doch er hatte keine Idee, wie er sich daraus befreien konnte, ohne weitreichende Entscheidungen zu treffen. So hatte er sich über Jahre in eine Routine gefügt, die ihm immer mehr wie ein zu eng sitzender Mantel erschien.

Vor drei Monaten hatte Ulrich seine Stelle wegen Rationalisierungsmaßnahmen unerwartet verloren und war darüber tief in seinem Inneren fast erleichtert gewesen. Deutlich hatte er gespürt, dass ihn das Leben nun vor neue Herausforderungen stellte, die keine zu große Ablenkung duldeten.

Die Aufgabe der Elternberuhigung lag hinter ihm, musste er nicht nun einen neuen Sinn für sich finden? Ein neues Ziel, für das es sich zu leben lohnte und das mehr war als das Bewältigen einer täglichen Routine?

Zum ersten Mal in seinem Leben ließ er sich treiben und schob den Gang zum Arbeitsamt immer weiter auf, bis seine Ersparnisse zur Neige gingen. Er lebte in den Tag hinein und sortierte bis in die Nacht die Habseligkeiten der Eltern, die er nach der Wohnungsauflösung in zahlreichen Kisten im eigenen Keller verstaut hatte. Seine Mutter hatte einen ganzen Karton mit Servietten und Teelichten aus dem Möbelhaus gehortet, der nun in seinem Keller stand.

Von seinem Küchenfenster aus konnte Ulrich das hoch aufragende Schild des Möbelhauses sehen. Wenn er sich abends einen Tee kochte, freute er sich, dass es diesen anderen Ort gab. Im Möbelhaus konnte er den Stimmungen, die ihn nach dem Tod der Eltern überfallen hatten, nachgehen, ohne darüber in zu große Traurigkeit zu versinken. Er konnte sich der Ordnung des Möbelhauses anvertrauen, die Pfeile auf dem Boden der Ausstellungshallen gaben eine Richtung vor, der zu folgen war. Ulrich fühlte sich im Möbelhaus geborgen. War er nicht nur einer von den vielen Besuchern, die die Sehnsucht verband, ihr Leben neu und anders zu gestalten? Die ein Stück von der Geborgenheit des Möbelhauses nach Hause bringen wollten, um auch dort ein kleines Glücksgefühl einziehen zu lassen? Hatte man sich bei den Möbeln einmal falsch entschieden oder wurde ihrer wieder überdrüssig, konnte man sich jederzeit wieder von ihnen trennen und eine neue Entscheidung treffen. Die Möbel waren so unglaublich billig, dass niemand befürchten musste, sie würden als Mahnmale falscher Entscheidungen jahrzehntelang die Wohnung beherrschen. Und auch als Arbeitsloser fühlte Ulrich sich an diesem Ort nicht ausgeschlossen; ein billiges Mittagessen mit Fleischbällchen und Pommes frites konnte er sich immer noch leisten, neuerdings gab es sogar Gemüsebällchen, die noch günstiger angeboten wurden. Wenn er sich nur endlich dazu entschließen könnte, seine Wohnung völlig neu einzurichten! Oder sollte er lieber auf seine eingeschränkten finanziellen Möglichkeiten Rücksicht nehmen? Aber er könnte doch wenigstens bunte Kissen kaufen!

Ulrich stand auf, verließ die Büromöbelausstellung und ging weiter in Richtung Schlafzimmerabteilung. Die Betten standen einladend nebeneinander, Ulrich setzte sich auf dieses und jenes Bett und wippte leicht mit dem Oberkörper, bevor er sich wieder erhob. Auf einem der Betten nahm gerade ein Paar fortgeschrittenen Alters Platz, jeder setzte sich auf eine Seite und drehte sich dann so, dass er den anderen ansehen konnte. Über das Bett fassten sie sich an den Händen und schaukelten dann gemeinsam auf der Matratze auf und ab. Was für ein unfassbares Paarglück ihm hier demonstriert wurde! Die beiden wirkten von ihrem vermutlich längeren Zusammensein nicht einmal erschöpft, sondern immer noch voller Übermut und Verlangen. Ulrich, in dessen Leben es noch nie eine Freundin gegeben hatte, war seltsam berührt. Gleichzeitig spürte er seine lang dauernde Vereinzelung einmal mehr wie einen grauen Schleier, der sich über sein Gemüt legte.

In seiner Schulzeit hatte Ulrich sich zu einem Mädchen hingezogen gefühlt, das stets alleine in einer Ecke auf dem Schulhof gestanden hatte. Doch hatte er nie auch nur den Versuch unternommen, sie anzusprechen oder auf eine Cola einzuladen. Er hatte sich einfach in eine andere Ecke gestellt und dort alleine sein Pausenbrot verzehrt, in der irren Hoffnung, dass dem Mädchen mit dem unglaublich altmodischen Namen Irmgard dieses Verhalten auffallen müsste. Doch nie war sie auch nur in die Nähe seiner Pausenhofecke gekommen. Stattdessen standen sie auch im Winter beide in ihren Pausenhofecken herum, knabberten an den Broten, die ihnen ihre Mütter geschmiert hatten, und blickten nur gelegentlich in die entfernte Ecke des anderen hinüber.

Auch später war Ulrich nie eingefallen, wie er eine Frau für sich hätte interessieren können. Immer stärker wurden ihm seine Entscheidungsschwäche und Unerfahrenheit auf diesem Gebiet zum inneren Hemmnis und er wollte sich keiner Lächerlichkeit preisgeben. Würde er nicht in jenen entscheidenden Momenten einer Beziehung genau das Falsche machen, das ihn vollends entblößte und als endgültigen Lebensversager dastehen ließ?

Zwar sehnte er sich hin und wieder nach einer Frau. Doch bislang war er keiner begegnet, bei der nicht schon der bloße Gedanke an das Eingeständnis seiner Unerfahrenheit ihm die Schamröte ins Gesicht getrieben hätte. Ulrich setzte sich auf ein Bett und beobachtete, wie sich das Paar auf dem anderen Bett ausstreckte, sich dabei weiter an den Händen hielt und die Matratze nun im Liegen zum Schaukeln brachte. Das Paarsein musste auch fröhlich sein können, unbeschwert und frei von größeren Lächerlichkeitskatastrophen.

Ulrich verließ die Schlafzimmerabteilung und lief weiter in Richtung Kinderwelt. Plötzlich erklang eine Durchsage, dass der kleine Ulrich aus dem Småland abgeholt werden wollte.

Ulrich zuckte zusammen und wäre beinahe in die entgegengesetzte Richtung zum Kinderparadies zurückgelaufen, bevor er sich besann.

Als er an einen Tisch mit Stofftieren trat, entdeckte er die Frau mit den gelben Taschen wieder. Ein paar Schritte entfernt war sie gerade dabei, eine kleine Kindersitzgruppe neu zu arrangieren. Dann inspizierte sie das angebotene Kindergeschirr und ließ schnell drei kleine Teller und zwei Tassen in ihren Taschen verschwinden. Ulrichs Blick wanderte über die Stofftiere auf den Wühltischen. Einem plötzlichen Einfall folgend griff er nach einem rosa Schwein und setzte es so hin, dass es die Kinderabteilung überblicken konnte. Dann nahm er ein zweites Stoffschwein und arrangierte die beiden Schweine so, dass sie sich mit den Schnauzen anstupsten. Als die Frau mit den gelben Taschen die Kinderabteilung in Richtung Restaurant verließ, ohne ihn zu beachten, setzte er die Stoffschweine so um, dass sie nun in Richtung Restauranteingang blickten.

Immer noch beschäftigte Ulrich der Traum, den er in der Nacht gehabt hatte. In letzter Zeit erinnerte er sich mehr als sonst an seine Träume, auch von seinen toten Eltern hatte er einige Male geträumt. Im Traum war er mit seinem Vater auf Reisen gewesen, mit seiner Mutter hatte er Blumen gekauft, mit den Eltern zusammen hatte er träumend eine neue Wohnung besichtigt.

Hatten in seinem letzten Traum nicht seine Eltern an einem der Tische im Bistro gestanden? Zusammen mit einem kleinen Jungen, der ihm so sehr glich? Und wer war noch im Möbelhaus gewesen? Ulrich konnte sich keinen Reim auf seinen Traum machen, doch glaubte er immer stärker, dass dieser Traum irgendeine Bedeutung haben musste. Gab es tief verborgen im Möbelhaus ein Geheimnis? Etwas, das er irgendwann entdecken müsste? Womöglich verbarg sich hier auch für ihn ein Ziel für sein Leben, das ihm bisweilen so leer schien.

Getragen von dieser Hoffnung und von seinen Aussichten beflügelt, wollte Ulrich auch anderen wenigstens ein kleines Glückserlebnis verschaffen. Gerade trat ein Kind an einen Wühltisch mit kleinen Stoffmäusen, streckte sich daran hoch und griff mit einer Hand hinein. Mit einer weißen Maus lief es dann zu seinen Eltern hin.

Die Eltern schüttelten den Kopf, als das Kind ihnen die Maus entgegenhielt und sagte: »Die möchte ich haben!« Dann blieb es still stehen und schob ein leiseres »Bitte« hinterher.

Ulrich hörte die Mutter sagen: »Nein, die brauchst du nicht«, der Vater befahl: »Leg sie zurück!« Folgsam kam das Kind zum Wühltisch zurück und legte die Maus wieder hinein. Daraufhin lief es wieder zu seinen Eltern und ging mit ihnen in Richtung Restaurant davon.

Ulrich blickte ihnen nachdenklich hinterher. Nach einer Weile sah er sich nach allen Seiten hin um. In der Kinderabteilung war augenblicklich nicht viel los, nirgends war ein Mitarbeiter des Möbelhauses zu entdecken.

Rasch holte Ulrich sich eine der gelben Taschen, die in einem Drahtkorb lagen, warf einige der kleinen Stoffmäuse und weitere Stofftiere hinein und schlenderte langsam zum Restaurant. Dort bummelte er zwischen den Tischen hin und her und setzte hier und dort eine der Mäuse auf einen freien Tisch.

Das Kind saß mit der Mutter an einem der Tische am Fenster, den Vater entdeckte Ulrich in der Schlange an der Essenstheke. In einem großen Bogen näherte sich Ulrich dem Tisch und lief dann nahe an ihm vorbei. Die Mutter wischte mit dem Finger auf ihrem Smartphone herum und bemerkte sonst nichts. Das Kind saß mit verschränkten Armen und hängendem Kopf da und rührte sich nicht.

Erst als Ulrich zwei Mäuse auf den Nachbartisch setzte, die sich umarmten, sah das Kind zu ihm hin. Ulrich hielt den Kopf schräg und lachte zu ihm hin. Das Kind zog die Stirn in Falten. Ulrich holte weitere Stofftiere aus der Tasche, die größeren platzierte er auf den Stühlen, die kleineren setzte er auf der Tischmitte zu einem Kreis zusammen. Fasziniert blickte das Kind zu Ulrich hin. Zuletzt versuchte Ulrich, aus einigen Stoffmäusen einen Stapel zu errichten, der jedoch zusammenfiel. Er zuckte mit den Schultern und lachte, aus dem Augenwinkel sah er auch das Kind lachen. Ulrich ließ die leere Tasche am Tisch zurück und ging zum Ausgang des Restaurants, wo er erneut in der Möbelausstellung verschwand.

Dass er seit dem Betreten des Restaurants von einer Frau beobachtet worden war, die an einem der Tische am Eingang saß, unter dem sie zwei gelbe Plastiktaschen abgestellt hatte, hatte Ulrich nicht bemerkt.

# 2.

Das Arbeitsamt ermahnte Ulrich dringend, Bewerbungen zu schreiben, und drohte ansonsten mit einer zeitweisen Nichtzahlung des Arbeitslosengeldes. Zudem war Ulrich verpflichtet worden, an einem zweiwöchigen Computerkurs teilzunehmen. Der Vollzeitkurs sollte nächste Woche beginnen und Ulrich spürte einen immer stärkeren Widerstand. Wie sollte er dann noch seine täglichen Streifzüge durch das Möbelhaus aufrechterhalten?

Ulrich lag auf einer Matratze in der Bettenabteilung und blickte grübelnd an die Decke mit ihrem Gewirr aus Versorgungsleitungen. Er fühlte sich zwar oft zu keiner Entscheidung fähig, aber eines wusste er genau: Ein Computerkurs würde ihm nicht helfen, seine Lebensfragen zu beantworten. Den Brief mit der Aufforderung, sich am kommenden Montag um acht Uhr in einem Schulungszentrum im Norden der Stadt einzufinden, hatte er daher kurzerhand in den Papierkorb geworfen.

Seine Streifzüge durch das Möbelhaus hatte Ulrich in den letzten Wochen weiter ausgedehnt, oft hielt er sich den ganzen Tag dort auf, ohne dass ihm langweilig wurde. Dabei fiel ihm immer wieder die Kundin auf, die mit zwei gelben Plastiktaschen durch das Möbelhaus lief und dabei auf Ulrich so selbstgewiss wirkte, wie er es sich selbst auch wünschte. Anders als er schien sie zu wissen, welches Ziel sie verfolgte. Sie hielt sich offenbar nie allzu lange im Möbelhaus auf, sondern dekorierte hier und da die ausgestellten Zimmer und Wohnungen etwas um, machte sich hin und wieder Notizen, aß etwas im Restaurant und war wieder verschwunden.

Ulrich hätte sie gerne angesprochen, doch er hatte keine Vorstellung, auf welche Weise er das bewerkstelligen sollte. Leicht und unbefangen müsste man dies tun können, so leicht und unbefangen, dass man sich Wochen oder Monate später so glücklich wie auf einem der Werbeplakate des Möbelhauses in einer Küche beim gemeinsamen Kochen oder in einem Schlafzimmer bei einer lustigen Kissenschlacht wiederfinden konnte. Doch wollte er das überhaupt? – So war es immer: Wenn Ulrich nur die leiseste Vorstellung von möglichen Wegen in seinem Leben entwickelte, kam ihm sofort eine Zweifelsfrage in den Weg, die alle weiteren Schritte unterbrach.

An diesem Samstagabend war Ulrich unter den letzten Kunden des Möbelhauses. Er hatte sich fest vorgenommen, am Montag nicht zu dem ihm auferlegten Kurs zu erscheinen. Doch gleichzeitig ängstigte ihn die Vorstellung, der Kursleiter würde seinen Namen aufrufen, nach einer Weile missbilligend in die Runde blicken und dann mit einem roten Stift einen Vermerk hinter seinen Namen machen. Sein Nichterscheinen würde auch das Arbeitsamt nicht auf sich beruhen lassen. Ulrich hatte das Gefühl, er stünde in einer Schlucht zwischen

Felswänden, die sich immer näher auf ihn zubewegten. Und nein, er würde nicht zum Kurs erscheinen. Aber was um Himmels willen wären die Folgen? Sollte er da nicht lieber doch … Nein. Doch.

Ulrich war kurz davor, in ein leises Weinen auszubrechen. Er konnte sich nicht erinnern, dass er sich jemals in seinem Leben einer Aufforderung verweigert hatte. Doch dieser Kurs erschien ihm so unsinnig und geradezu gegen seinen möglichen weiteren Lebensweg gerichtet, dass er ein deutliches Nein gedacht hatte, als er die Kurseinladung aus dem Briefumschlag zog. Dieses Nein bröckelte jetzt wieder, denn konnten die Folgen nicht verheerend sein? Würde er nicht auf einer Liste des Arbeitsamtes landen, auf der die Trödler und Verweigerer erfasst wurden, die den amtlichen Aufforderungen nicht nachkamen und die man daher besonders ins Auge fassen musste?

Ulrich steigerte sich in die Vorstellung hinein, jemand vom Amt würde spätestens am Dienstag persönlich bei ihm vorstellig werden, um ihn zum Schulungszentrum zu eskortieren. Er erinnerte sich daran, wie er als Kind nach den allerersten Schultagen einen Widerwillen dagegen empfunden hatte, sich weiterhin dieser täglichen Routine auszusetzen. Er empfand die Schule und das Lernen nicht als besonders schlimm, auch die Mitschüler waren umgänglich, und wäre der Schulbesuch freiwillig gewesen, hätte er nichts dagegen einzuwenden gehabt. Doch die Vorstellung, gar keine Wahl zu haben, sondern von nun an jeden Morgen früh aufstehen zu müssen, um sich einer nicht gewählten Gemeinschaft auszusetzen, war ihm plötzlich und ohne jede Vorbereitung wie ein einziger Graus erschienen.

Hatte er denn von nun an gar keine Wahl mehr im Leben? Er hatte sich doch bislang immerhin freiwillig dafür entschieden, nicht auf den Baum zu klettern, sondern am Fuße des Baumes zu sitzen und in aller Ruhe ein Bilderbuch zu betrachten. Jetzt würde er jeden Tag morgens zur gleichen Stunde denselben Weg zurücklegen müssen, um an demselben Tisch zu sitzen. Nein. Er würde lieber zu Hause bleiben und nur dann zur Schule gehen, wenn er wollte. Am dritten Schultag hatte er sich kurz nach Verlassen der Wohnung auf der Straße von der Hand seiner Mutter gelöst. Er reckte das Kinn und sagte laut: »Nein! Nein, heute möchte ich nicht in die Schule gehen!«

Seine Mutter blickte erstaunt zu ihm hin, als hätte sie eine solche Schwierigkeit nie von ihrem Sohn erwartet und ihm auch niemals zugetraut. »Komm«, sagte sie nur und streckte ihm ihre Hand hin.

Ulrich stemmte die Hände in die Hüften und blieb stehen. Seine Mutter lief einige Schritte weiter, rief noch einmal: »Komm, komm«, so als glaube sie immer noch nicht, dass Ulrich es ernst meinen könnte. Dann blieb sie wieder stehen und schüttelte den Kopf. Als sie einige Schritte auf ihn zuging, immer noch mit der ihm hingestreckten Hand, wich Ulrich zur Seite und klammerte sich an ein Verkehrsschild. Er war darauf vorbereitet, der Mutter Widerstand entgegenzusetzen, er erwartete, dass sie versuchen würde, ihn vom Verkehrsschild wegzuziehen, und so klammerte er sich noch enger an das Schild. Wenn er sich diese Situation ins Gedächtnis rief, hatte Ulrich noch heute das Gefühl, dass er damals vor etwas Großem gestanden hatte. Womöglich wäre sein Leben völlig anders verlaufen, wenn er in dieser Situation die Oberhand behalten hätte, wenn er seinen Widerstand gegen das ihm Aufgezwungene nur hätte durchhalten können.

Auf die Nüchternheit der Mutter war Ulrich jedoch nicht vorbereitet gewesen. Die Mutter war mit hängenden, nicht einmal kampfbereiten Armen vor ihm stehen geblieben, hatte ihn angeblickt wie einen kleinen dummen Jungen und nur gesagt: »Wenn du nicht mitkommst, dann kommt die Polizei und bringt dich hin.« Dabei sah sie ihn weder zornig an noch sprach sie unfreundlich, sondern in einem so sachlichen Ton, als würden täglich unwillige Kinder von der Polizei persönlich abgeholt und zur Schule gebracht.

Sein Widerstand erschien Ulrich daher völlig aussichts los. Als die Mutter noch einmal leise: »Komm!« sagte, fühlte Ulrich seine Auflehnung endgültig innerlich zerbröseln und wie automatisch löste er die Arme vom Verkehrsschild. Die ausgestreckte Hand der Mutter wollte er ignorieren, doch wie unter einem sanftem Zwang griff er doch nach ihr. Die Mutter drückte seine Hand freundlich, als wolle sie sagen, dass nun alles wieder gut sei und man still und friedlich weiterleben könne, was er doch sicherlich genauso wolle. Mit gesenktem Haupt war Ulrich neben der Mutter hergetrottet; an den Schultag, der auf seinen Widerstandsversuch gefolgt war, konnte er sich nicht mehr erinnern. Diese erste Auflehnung gegen einen äußeren Zwang im Leben war nach Ulrichs Erinnerung auch die bislang letzte geblieben.

Gerade wurden die Kunden dazu aufgefordert, sich zu den Kassen zu begeben, da das Möbelhaus in einer halben Stunde schließe. Ulrich stand vom Bett auf, hier und da war noch ein versprengter Kunde zu sehen, der nun mit raschen Schritten den Pfeilen auf dem Boden folgte, um zum Ausgang zu gelangen. Die Frau mit den gelben Taschen hatte er heute nirgends entdecken können.

Ulrich zögerte. Er ging ein paar Schritte durch die Ausstellungshalle. Dann blieb er stehen. Ein Mitarbeiter des Möbelhauses eilte vorbei, ohne ihn zu beachten. Ulrich blickte auf den Pfeil vor ihm auf dem Boden. Die richtige Richtung war klar vorgegeben. Aber konnte es nicht wenigstens einmal im Leben möglich sein, eine andere Richtung einzuschlagen? Ulrich hatte das Gefühl, dass in Pfeilrichtung unweigerlich der vom Arbeitsamt für ihn vorgesehene Computerkurs lag. Plötzlich bildete er sich ein, eine Lautsprecherdurchsage zu hören mit der Stimme seiner Mutter, die »Komm, komm!« rief.

Ulrich stellte sich auf die Spitze des Pfeils und verdeckte dessen Richtung. Nun war nur noch ein Strich am Boden zu erkennen. Langsam drehte Ulrich sich um. Dann machte er einen Schritt in die entgegengesetzte Richtung. Und noch einen. Ulrich meinte, den Pfeil im Rücken zu spüren, der ihn in die andere Richtung ziehen wollte. Schnell machte er einen weiteren Schritt, dann noch einen und ging schließlich entgegen der Pfeilrichtung durch das Möbelhaus. Als ihm ein weiterer Mitarbeiter entgegenkam, nahm er schnell eine Abkürzung zwischen zwei Ausstellungsbereichen. Kurz darauf fand er sich zwischen hohen Kleiderschränken wieder.

Ulrich verbarg sich in einer Ecke, von wo aus er die Schlafzimmerabteilung im Blick behalten konnte. Ein älterer Mann in einer beigen Jacke saß auf einem Bett und schaute ruhig umher. Eine ältere Frau, ebenfalls in einer beigen Jacke, tauchte plötzlich auf, lief mit schnellen Schritten zu dem Mann und hielt ihm den Arm hin. Der Mann stand auf, hakte sich bei der Frau unter und gemeinsam gingen sie Richtung Ausgang.

Ulrich erschien es nun sehr still im Möbelhaus. In seiner Ecke stehend lauschte er auf seinen Atem. Er wandte sich um und lehnte sich mit der Stirn an die Seite des mächtigen Kleiderschrankes. Dann schloss er die Augen. Der Kleiderschrank roch frisch und unbenutzt, Ulrich spürte seine glatte Oberfläche. Der Schrank war so wuchtig, dass ihn kaum jemand alleine würde verrücken können.

Plötzlich wurde die Stille durch eine weitere Lautsprecherdurchsage unterbrochen: Das Möbelhaus schließe in wenigen Minuten, alle Kunden sollten sich nun zum Ausgang begeben. Erschrocken blickte Ulrich auf, doch er verspürte keinen Impuls, sich zu bewegen. Als ein Mitarbeiter die Halle durchquerte und flüchtig nach links und rechts blickte, drückte Ulrich sich fest in seine Ecke.

Natürlich müsste auch er nun das Möbelhaus verlassen. Er müsste nur einen Schritt vor den anderen setzen, und wie ein trödeliger Kunde könnte er durch die Ausstellungshalle und schließlich den Kassenbereich zum Ausgang spazieren. Schließlich würde er morgen schon wiederkommen. Doch wenn er ohnehin vorhatte, wiederzukommen, konnte er dann nicht auch gleich dableiben?

Ulrich merkte, wie sich eine Unschlüssigkeit in ihm ausbreitete, die ihn so schwer zu machen schien wie ein wuchtiges Möbelstück. Welche Anstrengung, noch einen Schritt zu bewerkstelligen! Der Weg zum Ausgang schien ihm mit einem Mal unendlich weit, und überhaupt: Einmal mehr konnte er sich eben nicht entscheiden, was er als Nächstes tun sollte.

Zwei Stunden später war die Beleuchtung im Möbelhaus ausgegangen, auch die Musik war vor längerer Zeit abgestellt worden. Nur vereinzelt leuchteten kleine Lampen an der Decke, die ein diffuses Licht in die Möbelhalle warfen. Die Türen des Kleiderschrankes waren geschlossen, doch gerade wurde die linke Tür einen kleinen Spalt breit zur Seite geschoben. Aus dem Inneren des Schrankes, in dem er vor seiner Unentschiedenheit Zuflucht gesucht hatte, blickte Ulrich in die Möbelausstellung. Seinen kleinen Rucksack hatte er zwischen die angewinkelten Beine gestellt. Der Platz im Schrank reichte nicht aus, um die Beine auszustrecken.

Die an der Kleiderstange hängenden Hemden hatte er hinter sich geschoben, sodass er den Kopf nicht gegen die bloße Wand des Kleiderschrankes lehnen musste. Eine Zeit lang saß Ulrich einfach da und lauschte durch den Spalt in das leere Möbelhaus hinein. Mehr und mehr hatte er das Gefühl, ein sanftes Sausen zu hören. Ab und zu meinte er auch ein Flüstern wahrzunehmen, das sich in das kaum merkliche Sausen mischte; dann war es mit einem Mal wieder vollkommen still.

Leise zog Ulrich die Schiebetür wieder zu. Im Schrank war es nun vollkommen dunkel, nicht einmal seine Schuhe konnte Ulrich erkennen. Er schloss die Augen und hielt die Beine fest umklammert. Langsam atmete er ein und aus und lauschte auf die Luft, die durch seine Nase hinaus- und hineinströmte. Je mehr er sich auf seinen Atem konzentrierte, desto mehr schien Ulrich die übrige Welt, die irgendwo außerhalb dieses Dunkels weiterexistieren musste, von ihm abzurücken. In seiner geschlossenen Kleiderschrankkammer wollte er an kein Arbeitsamt denken, nicht an die Aufforderung, an einem Kurs teilzunehmen, nicht an eine drohende Kürzung des Arbeitslosengeldes, an keine weiteren Probleme, die daraus entstehen konnten, und vor allem – Ulrich atmete sehr langsam aus –, vor allem nicht an die toten Eltern. An die Eltern, die er bis heute nie wirklich verstanden zu haben glaubte und denen er nie wirklich hatte nahe kommen können. Er wollte nicht mehr den Schmerz darüber spüren, dass dies alles, seit die Eltern gestorben waren, nun endgültig nicht mehr abänderbar war. Er wollte sich nur auf sein leises Ein- und Ausatmen konzentrieren, einen regelmäßigen Rhythmus, den Ulrich selbst steuerte und den ihm niemand nehmen konnte.

Er lehnte sich an die Wand des Kleiderschrankes, als müsse er sich in genau diesem Moment unbedingt irgendwo anlehnen, weil ihm ansonsten das Leben endgültig zu schwer werden könnte. So verharrte Ulrich lange Zeit und versank schließlich in einen tiefen Schlaf.

# 3.

Ulrich meinte ein sanftes Säuseln zu hören und öffnete die Augen. Mit der Hand tastete er nach der Tür des Kleiderschrankes und schob sie auf. Er beugte sich nach vorne und streckte den Kopf aus dem Schrank; ein leichter Luftzug schien vorbeizuwehen. Langsam stand er auf und verließ den Schrank, die Möbelhalle lag in einem seltsamen Dämmerlicht. Ulrich ging einige Schritte durch die Schlafzimmerabteilung, und als er kurz zur Decke hinaufblickte, sah er den Sternenhimmel. Staunend blieb er stehen.

Die Nacht war klar, keine einzige Wolke war vor dem hellen Mond zu erkennen. Ulrich sah den Großen Wagen, er streckte den Arm aus und zeichnete mit dem Finger die Deichsel nach. Wie unendlich das alles war! Ulrich spürte einen leichten Schauer und schloss die Augen. Als er die Augen wieder öffnete, war der Sternenhimmel noch immer über ihm. Nach einer Weile senkte er den Blick wieder und sah in der Möbelhalle umher, dabei überfiel ihn das Gefühl, von Leben und Kraft erfüllt und mit allem um sich herum verbunden zu sein. Er ging ein paar Schritte, blieb vor einem hohen Schrank stehen und fuhr mit der Hand über die Seitenwand. Glatt und eben. Und hörte er nicht ein leises Säuseln? Kam dies vom Schrank her oder von woanders?

Ulrich legte das Ohr an die Schrankwand. Wieder meinte er das sanfte, leise Säuseln zu hören. Dann trat er zurück und schob eine der Schranktüren auf. Der Schrank war leer, niemand saß dort drin. Lediglich zwei Paar Schuhe standen gerade nebeneinander auf dem Boden des Schrankes. Ulrich schob die Türen wieder zu, wandte sich ab und ging weiter durch die Schlafzimmerabteilung. Die Betten standen still nebeneinander, ordentlich lagen die Kissen an den Kopfenden, die Decken waren über die Betten geschlagen.

Plötzlich entdeckte Ulrich in einiger Entfernung einen Lichtstrahl, der sich über den Gang bewegte. Er ging in Richtung des Lichts, doch die Entfernung zu ihm wurde nicht kleiner. Ulrich durchquerte die Kinderabteilung und lief die Treppe zur Markthalle hinab; er ließ Kerzen und Gläser, Kissen, Teppiche und Pappordner hinter sich, bis er sich schließlich in der großen Möbel-Selbstbedienungshalle befand.

Die Hochregale ragten bis in den Sternenhimmel hinauf, Ulrich blieb stehen und sah eine Weile still nach oben. Dann wandte er den Kopf. Hatte nicht eben jemand »Komm, komm!« gerufen? Er sah zu den Kassen hinüber, und tatsächlich sah er dort wieder das Licht und eine Gestalt, die ihm zuzuwinken schien.

Ulrich ging weiter, der Gestalt hinterher, die den Kassenbereich durchquerte und sich in Richtung Ausgang bewegte. An einem der Tische im Bistro blieb die Gestalt stehen, Ulrich erkannte jetzt, dass es sich um eine ältere Frau handelte. Sie hatte jedoch keinerlei Ähnlichkeit mit seiner Mutter, auch die Stimme war eine andere gewesen. Wieder hörte er sie »Komm, komm!« rufen; und hatte sie nicht auch seinen Namen genannt? Sie winkte ihn freundlich lächelnd an den Tisch, Ulrich brauchte nur noch wenige Schritte zu machen, bis er endgültig bei ihr angekommen wäre.

Ulrich öffnete die Augen. Dunkelheit umgab ihn, sein Rücken war steif geworden und auch den Kopf konnte er nur langsam und vorsichtig bewegen. Er tastete mit der Hand nach vorne zur Schrankwand, fuhr an ihr hinab und berührte seinen auf dem Boden stehenden Rucksack. Hatte er nicht eben noch eine Stimme gehört, die ihn rief? War er nicht durch das ganze Möbelhaus gelaufen, um einem kleinen Lichtpunkt zu folgen? Offenbar hatte er dies alles geträumt. Er versuchte sich an weitere Einzelheiten zu erinnern, doch merkte er, wie ihm der Traum bereits wieder entglitt. Nichts war passiert, außer dass er mehrere Stunden in einem Schrank gesessen hatte, allein in der Dunkelheit, während längst alle Besucher und Mitarbeiter des Möbelhauses zu Hause in ihren Betten lagen.

Ulrich stellte sich vor, wie sie zuvor im Kreise ihrer Familien zu Abend gegessen hatten, womöglich waren sie genauso fröhlich gewesen und hatten lachend am Tisch gesessen wie die Menschen im Katalog des Möbelhauses. Während Ulrich sich gegen die Schrankwand gelehnt hatte, mussten die anderen fröhlich und zufrieden mit sich und ihrem Tag ins Bett gegangen sein, dann hatten sie sich wahrscheinlich noch augenzwinkernd gegenseitig die Bettdecke streitig gemacht, bevor sie erschöpft von ihrem Tagesglück in einen seligen Schlaf versunken waren. Eng aneinandergeschmiegt lagen sie nun da, bis sie am Morgen wieder erwachten, wenn das Tageslicht ins Zimmer fiel und sie zu einem neuen Tag voller Unbeschwertheit und Tatendrang locken würde.

Mit einem Mal fühlte Ulrich sich so einsam und gottverlassen wie nie zuvor in seinem Leben. In dieser Nacht war sein Leben auf einen knappen Quadratmeter Schrank zusammengeschrumpft, das Glücksversprechen des Möbelhauses erschien ihm so weit entfernt wie noch nie, und die Erinnerung an den Traum, die ihn für kurze Zeit getröstet hatte, verblasste bereits wieder. Wer sollte schon nach ihm rufen und sich für ihn interessieren? Wer könnte überhaupt auf die Idee kommen, dass es ihn gab? Gäbe es nicht die Maschinerie des Arbeitsamtes, die am Montag jeden fehlenden Kursteilnehmer erfassen müsste, würde überhaupt niemandem sein Rückzug aus der Welt auffallen.

Einen kurzen Augenblick überfiel Ulrich der Gedanke, außer ihm könnten noch andere Menschen unentdeckt in Kleiderschränken sitzen, denen das Leben zu viel geworden war. In ihren Schränken in den Möbelhäusern und zu Hause verharrten sie still und warteten ab, bis sich das Leben wieder annehmen ließ und sie sich den Kränkungen und Demütigungen, die es unweigerlich mit sich brachte, wieder gewachsen fühlten. Dann schoben sie leise und vorsichtig die Schranktüren auf und kamen unbemerkt aus ihren Verstecken, fügten sich aufs Neue in ihr Leben ein, ohne dass jemand ihre zeitweilige Abwesenheit bemerkt hatte. Im Katalog des Möbelhauses gab es genügend Abbildungen von Kleiderschränken mit geschlossenen Türen, wer konnte also sagen, ob sich hinter den Türen nur leerer Raum verbarg oder nicht auch ein still abwartender Mensch?

Ulrich blinzelte in die Dunkelheit seines Schrankes. Er verspürte nun großen Hunger und Durst, doch er wusste nicht einmal, wie spät es war. Im Rucksack kramte er nach seinem alten Mobiltelefon, eine Armbanduhr trug er nicht. Als er das Telefon in der Hand hielt, musste er feststellen, dass das Display dunkel blieb, offenbar war der Akku leer.

Er lehnte sich an die Schrankwand. In seinem Innern suchte er nach einem Grund, die Tür zur Seite zu schieben und den Schrank wieder zu verlassen. Er schloss die Augen, und je länger er still atmend dasaß, desto deutlicher meinte er, wieder das leise Säuseln zu hören. Kaum merklich schwoll es an und ab, und spürte er nicht auch einen sanften Windhauch? Er musste wohl wieder träumen, denn welcher Wind sollte in einem Kleiderschrank wehen?

Ulrich rieb sich die Augen. Er musste endlich irgendetwas tun, wenn er nicht spätestens am Montagmittag von einer Abordnung des Arbeitsamtes vor den Augen aller anderen Möbelhausbesucher aus dem Kleiderschrank gezerrt werden wollte.

Langsam schob Ulrich die Tür des Schranks zur Seite. In der Möbelausstellung schien es heller geworden zu sein. Ulrich blickte zur Decke hinauf und sah dort statt eines Sternenhimmels nur die Lampen und die übrigen Versorgungsleitungen. Durch ein Oberlicht in der Hallendecke drang Tageslicht herein. Ulrich schob die Tür weiter auf und wollte gerade aus dem Schrank klettern, da zuckte er zurück. Direkt vor dem Schrank lagen eine Packung Knäckebrot, eine Tube, die Ulrich in seiner Verwirrung zunächst für Zahnpasta hielt, und eine Tafel Schokolade, daneben stand eine kleine Flasche Limonade. Ulrich war sich völlig sicher, dass dies alles noch nicht da gewesen war, als er vor Stunden in den Schrank gekrochen war. Er griff nach der Tube; es war eine Fischpaste, die sich als Brotaufstrich verwenden ließ. Zu Hause hatte er einen kleinen Vorrat davon angelegt.

Ulrich sah hinüber in die Schlafzimmerausstellung. Dort war niemand zu sehen. Hatte er nicht geträumt, er sei durch das Möbelhaus gelaufen? Doch vielleicht war es kein Traum gewesen und er war tatsächlich bis in den Schwedenshop gelaufen und hatte die Sachen von dort mitgebracht, vor den Schrank gestellt und war wieder in den Schrank geklettert? Ulrich erinnerte sich, dass er als Kind eine Phase gehabt hatte, in der er nachts im Schlaf durch die Wohnung gewandert war. Einmal war er bis zum Schlafzimmer der Eltern gekommen und hatte sich dort vor die Tür gesetzt. Seine Mutter hatte ihn plötzlich an den Schultern gerüttelt, wie benebelt war er aufgestanden und hatte sich von ihr ins Bett zurückführen lassen. Am Morgen hatte er sich kaum noch daran erinnern können.

Ulrich nahm das Knäckebrot in die Hand. Warum hatte er die Sachen, wenn er sie in der Nacht selbst geholt hatte, nicht in den Schrank gestellt, sondern davor? Im Schrank wäre noch Platz dafür gewesen, er hätte sie auch im Rucksack verstauen können. Ulrich nahm die Tube mit dem Brotaufstrich in die

Hand, auf ihr war ein Fisch abgebildet. Oder hatte ihm jemand das alles vor den Schrank gestellt? Hatte ihn etwa doch ein Mitarbeiter des Möbelhauses heimlich beobachtet? Aber dieser hätte ihn doch sicher nicht einfach im Schrank übernachten lassen!

Aus seinem Schrankversteck blickte Ulrich zaghaft in der Möbelausstellung umher. Dann hielt er den Kopf still und lauschte. Nichts war zu hören. Die Lampen hingen still an der Decke, niemand lief durch die Gänge, niemand saß auf einem Bett oder probierte die Festigkeit einer Matratze aus. Die Ausstellungshalle wirkte verlassen, doch nicht trostlos, sondern auf seltsame Weise beruhigt, als müsse sie sich von den Anstrengungen der zurückliegenden Woche und dem Lärm der Besucher erholen. Es war Sonntag und Ulrich hoffte, niemand würde sich heute im Möbelhaus aufhalten, der ihn verscheuchen könnte.

Als er sich wieder zurücklehnte, spürte er erneut, wie hungrig er war. Er legte Knäckebrot, Lachspaste und Schokolade in den Schrank, öffnete die Limonadenflasche und nahm einen tiefen Schluck. Dann holte er aus dem Rucksack ein kleines Taschenmesser, das er stets mit sich trug. Er öffnete die Knäckebrotpackung und nahm eine Scheibe heraus, drückte etwas Lachscreme aus der Tube darauf und biss hinein. Er aß fünf Scheiben Knäckebrot mit Lachscreme, zwischendurch trank er Limonade. Zuletzt brach er ein Stück von der Schokolade ab und ließ es langsam im Mund schmelzen.

Als er seine Mahlzeit beendet hatte, fühlte Ulrich sich wunderbar gestärkt. Er wollte sich keine Gedanken mehr darüber machen, wie er an diese Dinge gekommen war, merkte jedoch, dass ihn die Überlegung nicht losließ, außer ihm könne sich noch jemand im Möbelhaus aufhalten. Er verstaute die Lebensmittel in seinem Rucksack und kroch aus dem Schrank. Vor dem Schrank streckte er den Rücken durch, bevor er sich den Rucksack über die Schulter hängte.

Das künstliche Licht der Deckenlampen vermischte sich hier und da mit dem Tageslicht, das immer heller durch die Oberlichter drang. Ulrich mutmaßte, dass es früher Vormittag sein musste. Als Kind hatte er am Sonntagvormittag zusammen mit den Eltern gefrühstückt. Die Mutter hatte bereits den Frühgottesdienst besucht, der Vater derweil das Frühstück vorbereitet und gegen zehn hatten sie sich gemeinsam an den Tisch gesetzt. Auch bei diesen besonderen Familiengelegenheiten hatten die Eltern nie viel gesprochen. Ulrich hatte dies und jenes aus der Schule berichtet, die Eltern hatten bereitwillig zugehört und sich hin und wieder wohlwollend zugenickt, als wollten sie sich gegenseitig vergewissern, dass in ihrem Leben alles wohlgeordnet zuging und sich auch ihr Kind in die vorgegebene Ordnung einfügte. Im Winter war Ulrich nach dem Frühstück meist in seinem Zimmer verschwunden und hatte sich mit seinen Modellautos beschäftigt und durch die Sachbücher geblättert, im Sommer war er nach draußen abgetaucht und hatte meist alleine die Wohnsiedlung durchstreift. Zwar hatte es genügend andere Kinder in seinem Alter gegeben, doch deren wilde Welteroberungsspiele als Indianer und gefährliche Räuber hatten ihn nicht gelockt. Früher als andere Kinder, so schien es Ulrich, hatte er begriffen, dass die Welteroberung eine spielerische Illusion blieb, die sich auf den Sonntagnachmittag beschränken musste, da schon der Montagmorgen wieder die Forderungen nach Unauffälligkeit und Anpassung bereithielt.

Nun durchstreifte Ulrich das Möbelhaus mit einer Mischung aus Neugierde und der bangen Erwartung, schon hinter der nächsten Ecke würde sein unbefugter Aufenthalt von jemandem entdeckt werden. Hin und wieder blickte Ulrich zur Decke, als wolle er sich vergewissern, dass dort keine Kameras angebracht waren, die seine Anwesenheit festhalten würden. Doch ihm fielen nur die Lautsprecher auf, die hier und da an der Decke befestigt waren und an diesem Vormittag stumm blieben.

Ulrich nahm auf einem Sofa mit breiten Armlehnen Platz und blickte den Lautsprecher über sich an. Je länger er den Lautsprecher fixierte, desto mehr meinte er, wieder dieses Säuseln zu hören, das aus weiter Ferne zu kommen schien, sanft auf- und abschwoll und ihn dann ganz umfing. Waren die Lautsprecher plötzlich eingeschaltet worden? Ulrich hielt das Ohr in Richtung des Lautsprechers. Konnte er nicht jetzt sogar in dem Säuseln eine Stimme ausmachen? Er merkte, dass sein Herz heftig klopfte. Wahrscheinlich hörte er nur sein eigenes Blut in den Ohren rauschen, beruhigte er sich. Er schloss die Augen und lauschte angestrengt, und je mehr er sich dem sanften Säuseln ergab, desto deutlicher meinte er, eine Stimme zu hören.

*»Komm. Komm.«*

Und dann noch einmal, deutlicher: *»Komm, Ulrich.«*

Wohin sollte er denn kommen? Und wer rief ihn? Ulrich öffnete die Augen. Es konnte nur ein Spuk gewesen sein, eine dumme Einbildung. Niemand würde ihn hier freundlich rufen, wenn ihn jemand ansprach, dann könnte dies nur jemand vom Wachpersonal sein, das ihn sicher irgendwann entdecken und wütend des Möbelhauses verweisen würde.

Ulrich blickte zum Lautsprecher hinauf. Es war nichts mehr zu hören. Als er aufstand und weiterging, bemerkte er, dass die üblicherweise auf den Boden projizierten Pfeile fehlten, die sonst die Richtung vorgaben. Offenbar war es sonntags unnötig, eine Richtung anzuzeigen, es war ihm also freigestellt, in welche Richtung er lief, keine war die richtige oder die falsche, es gab immer nur die, die er selbst einschlug. Diese Erkenntnis beflügelte Ulrich, und seine Furcht, entdeckt zu werden, nahm etwas ab.

Er durchquerte nun die Abteilung, in der komplett eingerichtete Wohnungen ausgestellt waren. Auf der Außenwand einer kleinen Wohnung las er die Worte: *Glück auf kleinstem Raum.*

War es nicht das, wonach er im Möbelhaus suchte? Was er nur hier meinte finden zu können? Hatte eben vielleicht doch jemand *»Komm!«* gerufen, damit er endlich vom Sofa aufstünde, um nach dem Glück zu suchen?

Ulrich betrat die Wohnung und setzte sich auf das Bett. Die Matratze war fest und gab kaum nach. Er zog die Schuhe aus, schwang die Beine aufs Bett, stopfte sich ein Kissen in den Rücken und lehnte sich zurück.

Dann lauschte er in sich hinein. Hatte das Glück schon von ihm Besitz ergriffen? Müsste es in seinem Inneren nicht ganz warm werden und er müsste sich leicht und frei fühlen? So leicht und frei, dass es ihm völlig egal sein könnte, was das Arbeitsamt am Montag von ihm forderte. Und würde er nicht, hätte sich das Glück erst in ihm festgesetzt, voller Tatkraft und Lebensfreude die neue Woche beginnen? Seine Ängste und Unsicherheiten wären mit einem Mal verschwunden, vom Glück vertrieben, und er wäre endlich der, der als Kind zwar nicht auf hohe Bäume geklettert war, als Erwachsener aber endlich dem Leben mit eigenen Plänen begegnen konnte, statt immer nur den Erwartungen der anderen zu entsprechen. Doch nichts dergleichen spürte er.

Je länger Ulrich in sich hineinlauschte, je tiefer er in sich hineinspürte, desto mehr nahm er nur eine große Traurigkeit in sich wahr. Eine Traurigkeit wie ein großer schwarzer Klumpen, der in seinem Inneren saß, ihn beschwerte und vom Glück abschnitt. War dieser schwarze Klumpen erst da, seit die Eltern gestorben waren? Oder war er schon vorher da gewesen? Als sei da immer schon das Gefühl der Unerfüllbarkeit seiner Sehnsüchte gewesen. So tief und fest in ihm verankert, dass es gar keinen Zweck hatte, sich auf die Suche nach einem eigenen kleinen Lebensglück zu begeben. Ulrich überfiel die Empfindung, dass das Glücksversprechen des Möbelhauses an ihm abprallte, ja, dass es ihn noch nie gemeint haben konnte. Ein *Glück auf kleinstem Raum* konnte es für ihn nicht geben, und selbst ein größerer Raum würde nicht ausreichen, um auch für ihn Glück bereitzuhalten.

Ulrich griff nach seinem Rucksack und nahm die Limonadenflasche und die Schokoladentafel heraus. Bevor er einen Schluck von der Limonade nahm, hielt er die Flasche lange in der Hand, als müsse er sich vergewissern, dass sie auch wirklich da war. Schließlich brach er ein Stück von der Schokolade ab und ließ es langsam auf der Zunge zergehen.

Eine Tafel Schokolade zu besitzen war für ihn als Kind ein kleines Glück gewesen. In den Geschäften und Supermärkten hatte es Schokoladentafeln in Hülle und Fülle gegeben, doch für die Mutter schien es immer etwas Besonderes gewesen zu sein, wenn sie ihm eine ganze Tafel geschenkt hatte. Ulrichs Erinnerung nach war dies nur an zwei oder drei frühen Geburtstagen und bei seinem Einschulungstag passiert. Er hatte diese Schokoladentafeln wie einen Schatz in einer Schachtel unter dem Bett gehütet und lange nicht gewagt, sie anzubrechen. Die Tafel zu seiner Einschulung hatte er so lange aufgehoben, dass die Schokolade von einem weißen Film überzogen war, als er sie schließlich geöffnet hatte. Für gewöhnlich hatte die Mutter eine Tafel Schokolade im Küchenschrank aufbewahrt, von der sie stets nur an Sonntagen für ihn und den Vater je ein kleines Stück abgebrochen hatte.

Ulrich wurde durch ein körperliches Bedürfnis, das immer stärker wurde, aus seinen Erinnerungen verdrängt. Er verstaute Limonade und Schokolade wieder im Rucksack, stand auf und zog sich die Schuhe an. Dann lief er schnell durch die Möbelausstellung zurück zum Eingang, die abgeschaltete Rolltreppe hinab, und bog in einen kleinen Gang ab. Er hoffte, dass die Toiletten nicht abgeschlossen sein würden, und empfand es als kleines Alltagsglück, als er die Tür einfach öffnen und sich eine freie Kabine aussuchen konnte.

Danach schlenderte er durch den Eingangsbereich, auch hier traf er auf niemanden und die Angst, entdeckt zu werden, rückte allmählich weit von ihm ab. *Hej. So sagen wir »Hallo« auf Schwedisch. Herzlich willkommen. Wir freuen uns, dass du da bist,* las Ulrich an der Wand.

Er blieb stehen und betrachtete den Satz. Wer hatte sich je gefreut, dass er da war? Ulrich konnte sich nicht erinnern, dass dies schon einmal jemand zu ihm gesagt hatte. Weder der Vater noch die Mutter hatten sich so ausgedrückt, auch kein Lehrer in der Schule und später auch kein Kollege. Doch hier konnte er sich endlich bemerkt und in der Welt willkommen geheißen fühlen; dem Möbelhaus war es nicht egal, ob er da war oder nicht.

Ulrich spürte eine stille Freude in sich aufsteigen, gleichzeitig war er traurig darüber, dass er so lange auf einen solchen Satz hatte warten müssen. War er denn bislang so unsichtbar gewesen, dass seine Existenz kaum jemandem auffallen konnte? Oder war sein Dasein so belanglos, dass niemand darüber eine freundliche Bemerkung machen wollte?

Ulrich konnte sich ebensowenig erinnern, einen solchen Satz schon einmal zu einem anderen Menschen gesagt zu haben. Hatte er sich selbst etwa nie über die Anwesenheit eines anderen freuen können? Oder eine solche still aufsteigende Freude gleich wieder zurückgedrängt, um unnötige Verkomplizierungen seines Lebens, die daraus resultieren müssten, zu vermeiden?

Ulrich merkte, wie das Möbelhaus ihn auf Fragen stieß, die tief in seinem Inneren geschlummert hatten. Gleichzeitig spürte er die Hoffnung in sich wachsen, hier auch Antworten auf seine Fragen zu finden. Und war der Satz nicht auch eine Einladung, so lange im Möbelhaus zu bleiben, wie er wollte? Er musste doch auch für diesen Tag gelten, an dem das Möbelhaus für Besucher geschlossen war!

Nachdenklich spazierte Ulrich weiter, er bog links ab und lief den Gang zum Ausgangsbereich entlang. Schließlich fand er sich im Bistro wieder. Die Tische waren verlassen, die Stationen, an denen man sich Gurken und Röstzwiebeln über den Hotdog streuen konnte, waren leer. Ulrich stellte sich an einen Tisch und holte Knäckebrot, Lachspaste, Schokolade und Taschenmesser aus dem Rucksack. Nach seinem kleinen Frühstück war er wieder hungrig geworden. Er aß ein paar Scheiben Knäckebrot mit Lachspaste und brach sich zum Nachtisch eine Rippe von der Schokolade ab. Dann schlich er durch den Schwedenshop und suchte zwischen den aufgereihten Knäckebrotpackungen nach einer Lücke. Doch alle Packungen standen in Reih und Glied nebeneinander, als seien die Regale gerade erst aufgefüllt worden. Ulrich unterdrückte den Wunsch, sich eine Packung Kekse aus einem Regal zu nehmen. Das Möbelhaus hatte es nicht verdient, von ihm noch weiter bestohlen zu werden, und einfach das passende Geld auf die Theke an der Kasse zu legen, erschien ihm zu auffällig.

Eine Uhr, die weiter hinten neben einem mit alten Büchern gefüllten Regal hing, zeigte halb elf an. Was sollte er den ganzen Tag in dem leeren Möbelhaus machen? Was *durfte* er dort überhaupt machen? Plötzlich überfiel Ulrich wieder die Sorge, sein Aufenthalt außerhalb der Öffnungszeiten könne nicht ohne Folgen bleiben. Was, wenn er doch noch entdeckt werden und nie wieder zurückkehren dürfte? Und wenn ihm hier mehr Fragen zu seinem Leben begegneten, als er sich je beantworten könnte? Sollte er das Möbelhaus da nicht doch besser wieder verlassen?

Doch die breiten Ausgangstüren waren geschlossen. Links gab es noch eine kleinere Tür, die grüne Lampe über ihr wies sie als Notausgang aus. Ulrich traute sich nicht, die Klinke herunterzudrücken, er fürchtete, dass dann sofort ein Alarm losgehen würde. Irgendwie müsste es doch möglich sein, das Möbelhaus unauffällig zu verlassen!

Als Ulrich sich suchend nach einem weiteren Ausgang umsah, fiel sein Blick auf den Schriftzug, der in der Mitte der Halle auf einer breiten Säule prangte: *Schön, dass du da bist. Bleib doch einfach.*

Und plötzlich fühlte es sich völlig richtig an, was er tat. Ja, er würde bleiben, natürlich, wo sollte er den Tag denn auch sonst verbringen? Auch das Möbelhaus schien zu wissen, dass er hier noch etwas zu erledigen hatte. *Bleib doch einfach.* Das konnte kein Zufall sein. Je länger Ulrich den Satz betrachtete, desto mehr fühlte er sich darin bestärkt, sich einfach dem Möbelhaus und seinen Möglichkeiten zu überlassen.

Er ging in den Eingangsbereich zurück. *Wir freuen uns, dass du da bist!* Auch diesen Satz ließ Ulrich noch einmal auf sich wirken: Auch er freute sich jetzt, dass er da war. Er lief die breite Treppe hoch, eine neue Leichtigkeit hatte von ihm

Besitz ergriffen. Im ersten Stock angekommen wandte er sich in Richtung Restaurant. Er wollte sich einen Platz am Fenster suchen, um dort den Rest des Knäckebrotes zu verspeisen. Er würde seinen Blick über den Parkplatz schweifen lassen und die Ruhe eines Ortes genießen, der sonst von Lärm und Getöse erfüllt war.

Die Theken lagen verlassen da, die Fächer, in denen sonst fertig vorbereitete Teller mit Salat und Lachs standen, waren leer, auch ein Stück Kuchen konnte Ulrich nirgends entdecken. Ulrich ging an einer einsamen Kasse vorbei. Jetzt musste er nur noch den schönsten Platz am Fenster finden.

Als er den Blick über die leeren Tische und Stühle im Restaurant schweifen ließ, zuckte Ulrich zusammen, blieb unvermittelt stehen, sah noch einmal genau hin zu dem Tisch an der Wand, weit weg von den Fenstern, ob er sich nicht getäuscht haben könnte. Dann ging er langsam ein paar Schritte zurück und verbarg sich hinter einer schmalen Säule. Dabei behielt er den Tisch genau im Auge. Im ersten Moment hatte Ulrich an eine Täuschung geglaubt, doch es gab keinen Zweifel: Dort saß jemand. Die Person wandte Ulrich den Rücken zu, und fast wirkte es so, als habe sie noch keine Notiz von ihm genommen.

Ulrich fühlte sich ertappt. Wie hatte er nur glauben können, an einem Sonntag das Möbelhaus für sich alleine zu haben? Wie hatte er denken können, er könne den Sonntagnachmittag auf Sofas und Sesseln vertrödeln, womöglich auch die kommende Nacht im Möbelhaus verbringen, am Montagmorgen von Neuem unentdeckt in die Besucherströme eintauchen und im Restaurant ein großes Frühstück genießen, weit entfernt von dem Gedanken, zu einem lächerlichen Computerkurs erscheinen zu müssen? Wieder einmal liefen seine Vorstellungen von einem kleinen Glück ins Leere. Gleich würde der Mitarbeiter des Sicherheitsdienstes, um den es sich unzweifelhaft handeln musste, ihn aus dem Möbelhaus werfen.

Neben dem Tisch, an dem die Person saß, lehnte ein kleiner Rucksack, ähnlich dem, den Ulrich auf dem Rücken trug. Und jetzt drehte sich dieser Jemand, der Ulrich bislang den Rücken zugewandt hatte, um, blickte in seine Richtung … und winkte ihn heran.

Ulrich erstarrte. Schlagartig kehrte die Erinnerung an den Traum zurück. Die grauhaarige alte Frau, die er von hinten zuerst für einen Mann gehalten hatte, lächelte ihm aufmunternd zu und winkte wieder. Sie trug eine dunkelblaue Jacke, darunter eine weiße Bluse, eine dunkelblaue Hose und grobe schwarze Schuhe. Es hatte nun keinen Zweck mehr, weiter in gebückter Haltung hinter der Säule zu verharren. Ulrich richtete sich auf, straffte die Gurte seines Rucksacks und ging mit langsamen Schritten zu der Frau hin.

Mit einer Geste bot sie ihm einen Platz an ihrem Tisch an. Darauf standen eine Thermoskanne, ein Becher mit Kaffee, ein zweiter Becher und eine leere Butterbrotdose. Ulrich setzte sich. Den Rucksack nahm er nicht ab, er rechnete damit, ohnehin gleich wieder aufstehen zu müssen.

»Du siehst müde aus«, sagte die Frau.

»Ja?«

»Ja. Müde und vom Leben erschöpft. Möchtest du einen Kaffee?«

Ulrich war sprachlos. Er hatte vieles erwartet, aber nicht das. Er konnte nur nicken, die Frau goss daraufhin Kaffee aus ihrer Thermoskanne in den leeren Becher und schob ihn Ulrich hin. Ulrich nahm den Becher in beide Hände, als wolle er sich daran festhalten; der Kaffee war noch zu heiß, um ihn gleich zu trinken. Milch und Zucker brauchte er nicht, Ulrich trank Kaffee stets schwarz.

»Nun?« Die Frau sah ihn freundlich an, ihre faltigen Augen umspielte ein feines Lächeln. Ulrich glaubte, sie müsse mindestens achtzig Jahre alt sein. »Hat dir dein Frühstück geschmeckt?«

»Ach. Sie waren das?«

Da sie etwas so Wohlmeinendes und Warmherziges an sich hatte, fand Ulrich es ganz in Ordnung, dass sie ihn duzte. Er selbst hätte es jedoch aufgrund ihres Alters nicht über sich gebracht, dieses Du zu erwidern.

»Sie haben mir die Sachen vor den Schrank gestellt?«

»Ja, das war ich. Ich dachte mir, du müsstest Hunger haben, wenn du die ganze Nacht im Schrank verbringst. War das nicht furchtbar unbequem?«

»Es ging überraschend gut. Ich habe tatsächlich geschlafen. Und eigentlich dachte ich, dass ich selbst …« Ulrich verstummte. Es war ihm plötzlich maßlos peinlich, dass diese so zugewandt wirkende alte Frau mitbekommen haben musste, wie er sich am Vorabend in den Schrank zurückgezogen hatte.

Hatte sie auch beobachtet, wie er die Schranktür schließlich ganz zugezogen hatte?

»Du hast geglaubt, du selbst hättest dir die Sachen vor den Schrank gestellt?«

»Ja.« Ulrich senkte den Blick. Der Kaffee war jetzt abgekühlt, er sah in das undurchdringliche Schwarz. Erst als die Frau einen Schluck aus ihrem Becher trank, nahm er auch einen Schluck.

»Danke.« Ulrich hörte seine eigene Stimme wie von ferne. »Waren Sie die ganze Nacht hier?«, wagte er dann zu fragen.

»Ja. Ich bin immer die ganze Nacht hier und manchmal auch tagsüber.«

Ulrich schwieg wieder. Er überlegte, wie er die Frage stellen sollte, die ihm nicht über die Lippen kommen wollte. Dann endlich traute er sich, vielleicht auch, weil die Frau ihn immer noch so freundlich ansah.

»Werden Sie mich melden?«

»Melden? Wo sollte ich dich denn melden?«

»Aber ich dürfte doch gar nicht hier sein.«

»Nein? Wer entscheidet denn, wo du sein darfst und wo nicht?« Die Frau lächelte wieder, doch Ulrich hatte ihre Antwort verwirrt. War sie nun eine Sicherheitskraft, die ihn aufgespürt hatte oder nicht?

»Und was machen Sie hier?«, fragte er zaghaft.

»Ich passe auf.«

Also doch. Es wäre ja auch zu schön gewesen, wenn die alte Frau ebenfalls nichts weiter als eine unbefugte Besucherin gewesen wäre. Ulrich kam sich äußerst dumm vor, so etwas auch nur einen kleinen Augenblick lang angenommen zu haben.

»Sie passen auf, dass hier niemand ist, der hier nicht sein darf, oder?«, fragte er, um sich endlich ganz sicher zu sein.

»Dein Kaffee wird kalt, wenn du ihn nicht trinkst«, antwortete die Frau nur. »Teilst du den Rest deines Knäckebrotes mit mir?«

Natürlich hatte sie ihn die ganze Zeit nicht aus den Augen gelassen. Nur so konnte sie wissen, dass noch ein paar der runden Knäckebrotscheiben und auch noch etwas Lachspaste übrig waren. Ulrich nahm den Rucksack ab, holte Knäckebrot, Lachspaste, das Taschenmesser und die Tafel Schokolade hervor und legte alles auf den Tisch. Den Rucksack stellte er neben seinen Stuhl. Er wischte die Klinge des Taschenmessers mit einem Stofftaschentuch ab, das er aus der Hosentasche holte, und legte es neben die Tube mit der Lachspaste.

Gemeinsam aßen sie die letzten Scheiben des Knäckebrotes mit dem Rest der Lachspaste, zuletzt öffnete Ulrich die Schokoladenpackung und brach eine Rippe ab. Von der Rippe nahm die Frau nur ein Stück, das sie sich in den Mund steckte und genüsslich lutschte. Ulrich überfiel plötzlich eine so starke Erinnerung an die Mutter, dass er reglos und mit hängenden Schultern dasaß. Schon die Brotdose der Frau hatte ihn an den Vater denken lassen, doch diese Erinnerung hatte er noch beiseiteschieben können. Jetzt aber hatte er das Gefühl, in einer Person gleichzeitig mit Erinnerungen an beide Eltern konfrontiert zu sein, was ihn zutiefst verwirrte. Auch spürte er wieder die große Traurigkeit in sich aufsteigen und wusste im gleichen Moment, dass er sich dagegen nicht wehren konnte.

Die alte Frau sah ihm tief in die Augen. »Du bist traurig, nicht wahr?«

Ulrich nickte. Wie konnte sie ihm so deutlich ansehen, wie es innerlich um ihn stand? Die alte Frau griff nach seinen Händen und hielt sie fest. Ulrich merkte, wie ihm Tränen über das Gesicht liefen. So saßen sie eine Weile schweigend in dem leeren Restaurant. Die Hände der alten Frau waren warm und fest und Ulrich hatte das Gefühl, dass durch sie eine große Kraft auf ihn überging. Die Frau drückte Ulrichs Hände noch einmal, bevor sie den Griff wieder löste.

»Du brauchst dich deiner Tränen nicht zu schämen«, sagte sie. »Sperre die Traurigkeit nicht in dir ein, sondern lass sie lieber heraus.«

»Manchmal habe ich das Gefühl, dass sie wie ein schwarzer Klumpen in mir sitzt, der immer schwerer wird.«

»Dann fühlst du dich einsam und verlassen?«

»Ja. Ich habe niemanden mehr. Meine Eltern sind gestorben. Und sonst war nie jemand da.«

Die alte Frau schwieg. In ihrem Schweigen fühlte sich Ulrich verstanden, sie versuchte nicht, ihm seine Traurigkeit auszureden. »Und nun bist du noch häufiger hier als sonst, nicht wahr?« Auch das wusste sie also. Sie musste schon lange hier arbeiten.

»Ja. Das Möbelhaus ist der einzige Ort, an dem ich mich manchmal ein bisschen weniger einsam fühle.«

»Und der Ort, an dem du nach etwas Bestimmtem suchst. So ist es, nicht wahr?«

Wie konnte sie das denn auch wissen? War ihm das so

deutlich anzumerken, wenn er durch das Möbelhaus ging? Dabei hatte er immer versucht, sich den Anschein eines normalen Besuchers zu geben, der nichts weiter suchte als eine neue Lampe, vielleicht ein zusätzliches Regal oder ein paar praktische Töpfe. Außerdem wusste er nicht einmal genau, wonach er überhaupt suchte. Da war immer nur dieses unbestimmte Gefühl in ihm gewesen, im Möbelhaus etwas finden zu können, was seine innere Unruhe und Traurigkeit auf wundersame Weise besänftigen könnte. Obwohl das doch nur dumme Hirngespinste sein konnten, erkannte Ulrich mit einem Mal. Es gab hier schließlich nichts weiter als Lampen, Regale oder Töpfe. Heiterkeit und Lebensfreude waren nicht im Angebot, das müsste er doch nun endlich begreifen. Innerlich schüttelte Ulrich den Kopf über seine heimlichen Erwartungen.

»Ich weiß es nicht genau. Was sollte ich denn hier finden können? Ich brauche überhaupt keine neuen Möbel, auch keine neuen Teppiche oder Lampen oder irgendetwas dergleichen.«

»Such nur weiter«, sagte sie, »denn womöglich wirst du dabei auch selbst gefunden.«

»Ach?« Ulrich verstand nicht, worauf die Frau hinauswollte. Doch sie schwieg wieder und griff noch einmal nach der Schokolade; es hatte nicht den Anschein, als wolle sie weitere Erklärungen zu dem Gesagten abgeben.

»Und Sie verbringen jede Nacht im Möbelhaus? Und manchmal auch die Tage?« Ulrich wollte endlich wissen, mit wem er es zu tun hatte.

»Ja, so ist es.«

»Ich habe sie aber tagsüber noch nie gesehen!«

Jetzt lachte die Frau. »Nein, natürlich nicht. Meist bewege ich mich unauffällig durch das Möbelhaus. Und nur wer mich sehen will, der sieht mich.«

»Aber wenn man doch gar nicht weiß, dass Sie da sind, wie soll man Sie dann sehen wollen?«

»Du wolltest mich auch sehen. Und nun schau, hier bin ich und wir essen gemeinsam.«

Ulrich verstand immer weniger, worauf die Frau hinauswollte. Doch in seine zunehmende Verwirrung mischte sich die Erleichterung darüber, dass sie seinen Aufenthalt im Möbelhaus offenbar nicht gefährdete. Dies ermutigte ihn zu einer weiteren Frage. »Bleiben Sie den ganzen Tag hier?«

»Nein, heute wohl nicht. Was ich tun wollte, habe ich getan.«

»Und ich? Kann ich hier bleiben?«

»Sicher, wenn du willst.«

»Und kommen Sie wieder?« Ulrich spürte, wie wichtig es ihm war, die alte Frau wiederzusehen.

»Natürlich komme ich wieder. Schon heute Nacht bin ich wieder da.« Damit stand die alte Frau auf, nahm ihren kleinen Rucksack auf den Rücken und reichte Ulrich zum Abschied die Hand. Er schüttelte sie und wollte sie am liebsten gar nicht mehr loslassen.

»Pass auf dich auf, ich passe auch auf dich auf«, sagte sie, bevor sie in Richtung Restaurantausgang davonging.

Ulrich sah ihr nach, die Frau drehte sich noch einmal um und winkte, dann verschwand sie aus seinem Sichtfeld. Was hatte sie damit gemeint, dass sie auf ihn aufpasste? Wie konnte sie das denn, wenn sie das Möbelhaus nun verließ?

Ulrich saß noch eine Weile im Restaurant, trank die Limonade leer und aß ein Stück Schokolade. Wie die alte Frau brach er nur ein einzelnes Stück ab und ließ es langsam auf der Zunge zergehen. Die Begegnung hatte ihn zutiefst verwirrt. Diese grauhaarige Frau war ihm trotz ihres Alters voller Kraft und Lebensklugheit erschienen, und sie war ihm freundlich und wohlwollend gegenübergetreten, obwohl sie ihn überhaupt nicht kannte. Die Tatsache, dass er die Nacht in einem Schrank verbracht hatte, hatte sie einfach hingenommen, ihr war es offenbar weniger lächerlich oder verboten erschienen als ihm selbst. Ulrich musste sich eingestehen, dass er sich in ihrer Gegenwart auf wundersame Weise geborgen gefühlt hatte. Und wenn sie als Nachtwächterin jede Nacht hier war und auch ihm dies erlaubte, müsste er keine Angst mehr vor einem Rauswurf haben.

Erleichtert schob Ulrich den Stuhl zurück, stand auf, nahm den Rucksack wieder auf den Rücken und blickte noch einmal in das leere Restaurant. Alle Stühle standen ordentlich an den Tischen, es waren keine Spuren der Besucher zu sehen, die am vorigen Tag das Möbelhaus noch in großer Zahl bevölkert hatten. Auch die Stofftiere, die er vor einiger Zeit verteilt hatte, waren längst wieder weggeräumt worden. Ulrich ging zu den Tischen am Fenster und blickte über den leeren Parkplatz. Ein

Auto konnte er nirgends entdecken. In einiger Entfernung sah er die Bushaltestelle, dort stand niemand, und es lief auch niemand gerade über den Parkplatz zu der Haltestelle hin. Vielleicht war die Nachtwächterin durch einen anderen Ausgang hinausgegangen, der sich vom Restaurant aus nicht einsehen ließ.

Obwohl Ulrich wieder allein war, fühlte er sich weniger einsam als zuvor. Fast war es ihm, als spüre er die Anwesenheit der Nachtwächterin immer noch. Ulrich trat vom Fenster zurück. Es war ein seltsamer Gedanke, dass er schon von ihr geträumt haben könnte, bevor er sie getroffen hatte.

Als er zu dem Tisch hinsah, an dem er mit der Nachtwächterin gesessen hatte, fiel ihm etwas entfernt davon eine gelbe Plastiktasche auf, die unauffällig unter einem Tisch stand. Ulrich durchquerte das leere Restaurant. Als er die Tasche aufhob und hineinsah, entdeckte er eine Sammlung kleiner Stofftiere. Neben einigen Stoffdrachen fanden sich zahlreiche kleine Bären, die ihn freundlich anlächelten, auf ihrem blau gestreiften Stoffkleid trugen sie alle ein rotes Herz. Hatte ein Kunde die Tasche vergessen, nachdem er erschöpft vom Durchwandern des Möbelhauses das Restaurant aufgesucht hatte? Doch was sollte jemand mit so vielen Stofftieren anfangen wollen?

Ulrich nahm einen der kleinen Stoffbären aus der Tasche und blickte ihn an. Stumm blickte der Bär zurück. Trotzdem hatte Ulrich das Gefühl, dass sogar der Bär ihm sagen wollte: *Schön, dass du da bist!*

Wenig später spazierte Ulrich durch das Restaurant, setzte hier und da einen kleinen Drachen oder Stoffbären auf einen

Tisch, wobei er einen Bären die Pflanze umarmen ließ, die in der Mitte des Tisches stand. Schließlich setzte er zwei kleine Bären auf einen Tisch am Fenster. Jedem Bären legte er einen Arm des anderen über die Schulter und ließ sie gemeinsam aus dem Fenster blicken.

Nachdem Ulrich das Restaurant verlassen hatte, durchstreifte er wieder die Möbelausstellung. Es musste bereits früher Nachmittag sein, hier und da schien die Sonne durch die Oberlichter, schaffte es jedoch nicht, das Halbdunkel der Räume deutlich zu erhellen.

Lange blieb Ulrich in der Büromöbelausstellung. Dort hatte er gestern noch einen Mann beobachtet, der bewegungslos auf einem Drehstuhl an einem der Schreibtische gesessen und mit gesenktem Blick auf die Tischplatte gestarrt hatte. Eine Woche zuvor hatte er den Mann dabei beobachtet, wie er sich nacheinander auf sämtliche der ausgestellten Schreibtischstühle gesetzt hatte. Als er einen passenden Stuhl gefunden hatte, hatte er ihn vor den größten Schreibtisch geschoben, Platz genommen, die Arme auf die Schreibtischplatte gelegt und umhergeblickt, sich dann nach hinten gelehnt, die Lippen nach vorne gestülpt und hin und wieder langsam mit dem Kopf genickt. Dann hatte er sein Gewicht zur linken Seite verlagert und mit der rechten Hand gestikuliert, als sei er in ein Gespräch mit einem imaginären Gegenüber vertieft. Was hatte den Mann veranlasst, eine Woche später reglos vor dem Schreibtisch zu sitzen? War ihm plötzlich eingefallen, dass er sich nur in herbeifantasierten Gesprächen behaupten konnte? Vielleicht hatte auch dieser Mann vom Arbeitsamt eine Einladung zu einem Computerkurs bekommen und seine Argumente hatten nicht ausgereicht, das Amt davon zu überzeugen, dass dies eine unnötige Zeitverschwendung sei.

Ulrich setzte sich an einen Schreibtisch, auf dem ein Laptop aus Plastik stand. Er ließ die Finger über die aufgeklebte Tastatur gleiten und stellte sich vor, neben ihm säßen weitere Kursteilnehmer, die mehr oder weniger motiviert den Anweisungen eines Kursleiters folgten. Doch schon die Vorstellung, am nächsten Tag nicht mehr im Möbelhaus von Halle zu Halle zu streifen und sich den eigenen Einfällen zu überlassen, sondern mit wildfremden Menschen zusammen in einem kleinen Raum hinter einem Monitor verbringen zu müssen, grauste Ulrich so sehr, dass er immer zusammengesunkener vor dem Schreibtisch saß.

Dazu fielen ihm die Demütigungen seiner Schulzeit ein. Einmal hatte ihn ein Lehrer an die Tafel geholt, der genau gewusst haben musste, dass er die angeschriebene Aufgabe nicht würde lösen können. Ulrich hatte damals gemerkt, wie seine Wangen warm wurden und wie er kurz davor gewesen war, in ein haltloses Weinen auszubrechen. Dann war er einfach umgefallen, der Lehrer hatte ihn bestürzt zu seinem Platz zurückgeführt und ihn gefragt, ob ihm etwas fehle. Ulrich jedoch hatte nur den Kopf geschüttelt, beharrlich geschwiegen und dies auch den Rest des Tages durchgehalten. Wenigstens war er danach von keinem Lehrer mehr an die Tafel geholt worden.

Gerade als Ulrich die Büromöbelausstellung wieder verlassen wollte und sich noch einmal umsah, entdeckte er an einem entfernten Schreibtisch einen der kleinen Stoffbären, die er eben noch im Restaurant verteilt hatte. Der Bär lehnte am Ständer der Schreibtischlampe und schien zu ihm hinüber zu blicken. Und tatsächlich, an einem Tisch etwas weiter links saß eine kleine Stoffmaus auf dem Schirm einer Lampe. Und da! An einer Wand prangte der Schriftzug: *Erlaubt ist, was Spaß macht.*

Das erheiterte Ulrich so sehr, dass er plötzlich laut lachen musste. Er vergaß seine Grübeleien und machte sich auf die Suche nach weiteren Stofftieren. In der Küchenausstellung zog er hier und da eine Schublade auf und blickte in diesen und jenen Kühlschrank, doch Bären oder Mäuse fanden sich nicht. Stattdessen hielt er eine Plastikgurke in der Hand, im Gemüsefach eines Kühlschrankes fand er einzelne Salatblätter aus Plastik. Dem Möbelhaus ging es offenkundig darum, die Illusion der Belebtheit zu perfektionieren.

Ulrich nahm zwei Salatblätter, die Plastikgurke, eine Plastikmöhre und zwei Plastikkartoffeln aus dem Kühlschrank und ging in die Büromöbelausstellung zurück. Die Plastikgurke legte er quer über die Tastatur eines Plastiklaptops, die Plastikkartoffeln verteilte er in den Schubladen eines kleinen Rollcontainers. Die Salatblätter legte er in zwei Fächer eines Schreibtischaufsatzes und die Plastikmöhre schließlich neben die Schreibtischlampe, an der der kleine Stoffteddybär lehnte.

Zufrieden blickte er sich in der Büromöbelausstellung um. Die Angst vor dem nächsten Morgen und der Entscheidung, die es zu treffen galt, war in weite Ferne gerückt.

Beschwingt lief Ulrich durch die Ausstellungshallen, und als er auf einem Regal zahlreiche Packungen mit Schokobonbons entdeckte, deren Geschmack ihm seit seiner Kindheit vertraut war, konnte er nicht widerstehen. Er nahm eine Packung vom Regal und steckte sie in seinen Rucksack. Aus der Hosentasche nahm er sein Portemonnaie und legte einen Fünf-Euro-Schein unter eine der Bonbonpackungen. Die fünf Cent, die die Packung weniger kostete, würde er dem Möbelhaus schenken.

Mit den Bonbons im Rucksack ging Ulrich in die Halle mit den Sofas und Sesseln zurück. Er setzte sich auf das größte Sofa, streifte die Schuhe ab, legte die Beine aufs Polster und holte die Packung Schokobonbons aus dem Rucksack. Dann riss er die Packung auf und nahm eines der Bonbons heraus, das unter der Vollmilchschicht einen Karamellkern enthielt. Zu seinem zehnten Geburtstag hatte er eine Packung dieser Bonbons von einer Großtante geschenkt bekommen, die inzwischen längst verstorben war. Eine ganze Packung einer solchen Köstlichkeit zu besitzen war für Ulrich etwas Außergewöhnliches gewesen. Jede Woche am Samstagabend, wenn er länger aufbleiben und mit seinen Eltern nach der Tagesschau noch die Samstagabendshow im Fernsehen sehen durfte, hatte er ein einzelnes Bonbon gegessen. Die Eltern hatten die Diszipliniertheit ihres Kindes, das nie auch nur ein zweites Bonbon gegessen hatte, mit einem einvernehmlichen Lächeln belohnt.

Ulrich nahm das Bonbon aus der Verpackung, steckte es in den Mund und schloss die Augen. Das Sofa war weich und gemütlich und der Geschmack auf der Zunge herrlich. Wann hatte er sich zuletzt so wohlgefühlt? In diesem Moment hatte

Ulrich das Gefühl, es sei in seinem Leben doch nicht alles schief gelaufen. Wenn es noch Augenblicke gab, in denen er angstfrei ein Stück Schokolade genießen konnte, dann lohnte es sich weiterzumachen. Für einen Moment glaubte er auch, wieder das sanfte Säuseln zu hören, das ihm bereits mehrmals aufgefallen war. Doch vielleicht war es nur eine Täuschung, denn als er die Augen wieder öffnete, blickten ihn die Sessel und Sofas still an.

Ulrich streckte den Rücken, mit einer Hand fuhr er gedankenlos an der Sofaritze zwischen Rückenlehne und Sitzfläche entlang. Dabei fiel ihm ein kleiner Zettel auf, der in der Ritze steckte. Als Ulrich ihn auseinandergefaltet hatte, sah er, dass es sich um einen der Notizzettel handelte, die an zahllosen Stellen im Möbelhaus in Plexiglasständern für die Besucher bereitgehalten wurden. *Schreib dir auf, wo du das Produkt findest,* las er fettgedruckt auf dem Zettel, darunter befand sich eine Tabelle, in die man den Namen des Produktes, seine Artikelnummer, den Preis sowie das Regal und Fach eintragen konnte, in dem es in der Selbstbedienungshalle bereitgehalten wurde. Auf dieser Seite des Zettels hatte niemand Notizen gemacht. Doch auf der anderen Seite konnte Ulrich mit Bleistift geschrieben lesen: *Ist ein bequemes Sofa die Lösung?*

Ulrich blickte sich um. Die Möbelhalle war so leer wie zuvor. Er schaute noch einmal auf den Zettel. Die Frage verwirrte ihn. Und wer stellte sie überhaupt? Ulrich konnte nicht erkennen, ob die Handschrift eher von einer Frau oder von einem Mann stammte. Die Zeilen waren gut lesbar, wirkten jedoch auch etwas krakelig. Er zog sich die Schuhe an, stand auf, nahm den

Rucksack auf den Rücken und schlenderte durch die Sofaabteilung. Hier und da setzte er sich auf ein Sofa oder einen Sessel und fuhr mit der Hand durch die Ritzen. Einen weiteren Zettel fand er jedoch nicht.

Ulrich passierte die Ausstellungsfläche mit den Regalen und ging weiter in die Esszimmerabteilung. Dort nahm er an einem gedeckten Tisch Platz. In einer Salatschlüssel lagen Salatblätter aus Plastik. Er legte sich eines der Blätter auf den Teller und griff nach Messer und Gabel. Um die Gabel war ein Zettel gewickelt. Neugierig faltete Ulrich den Zettel auseinander. Der Satz war in der gleichen krakeligen Schrift geschrieben wie auf dem anderen Zettel: *Fühlen Sie sich in Ihrem Leben auch so echt wie dieses Salatblatt?*

Ulrich legte den Zettel neben den Teller. Was sollte das nun heißen? Konnte man sich in seinem Leben denn echt oder unecht fühlen? Und woran merkte man, dass man ein echtes oder unechtes Leben führte?

Ulrich blickte sich um. Doch auch hier war niemand zu sehen. Er war mit der Frage allein. Wenn er es recht bedachte, hatte er sich in seinem Leben immer *falsch* gefühlt. Hatten nicht die anderen Mütter ihre Kinder immer lachend und freudestrahlend vom Kindergarten abgeholt, während seine Mutter erschöpft in der Tür gestanden und meistens nur »Na komm, dann gehen wir wieder nach Hause« gesagt hatte? Hatten nicht später in der Schule die anderen Kinder berichten können, dass ihre Väter in der Lage waren, das Auto selbst zu reparieren oder ein Vogelhaus zu bauen, während sein Vater abends nur müde auf dem Sofa gesessen hatte?

Er hatte damals beständig das Gefühl gehabt, dass andere Kinder mit ihren Eltern in einer anderen Welt lebten, einer Welt, die voller Pläne und Entdeckungen war. Der *richtigen* Welt also, die es auch im Fernsehen gab, wo sich glückliche Familien abends zusammen an den Tisch setzten, nachdem sie tagsüber die schwierigsten Probleme bewältigt hatten. Ulrichs Welt war davon weit entfernt gewesen, die Eltern hatten ein unumstößliches Hindernis dargestellt, um in die eigentliche und richtige Welt vordringen zu können.

Ulrich hatte schon früh geahnt, dass es eines jahrelangen geduldigen Abwartens bis zum Erwachsenwerden bedurfte, um diese andere Welt endlich selbst betreten zu können. Damals war er der unumstößlichen Überzeugung gewesen, dass er sich, endlich erwachsen, wie selbstverständlich in dieser Welt bewegen würde. In einer Welt, in der er, wie die anderen immer schon, Pläne schmiedete und umsetzte, Ziele verfolgte, tatkräftig voranschritt, ein großes Haus hatte und ein großes Auto davor und von allen anderen beachtet sein Leben führte. Wer diese anderen waren und ob er selbst Kinder oder wenigstens eine Partnerin haben würde, darüber hatte er sich damals keine Gedanken gemacht. Aber dass er glücklich sein würde und sich endlich in seinem Leben angekommen fühlen würde, dass sich dieses Leben *richtig* anfühlen würde, davon war er spätestens mit zwölf Jahren felsenfest überzeugt gewesen. Sicherlich hätte sich ein solches Leben auch *echt* angefühlt. Nein, es müsste ja auch echt sein!

Damals als Kind, musste Ulrich sich eingestehen, war er davon ausgegangen, dass sein Leben eines Tages *richtig* und *echt* sein würde. Doch in einem solchen Leben fühlte er sich bis heute nicht angekommen. In seinem Leben hatte sich eigentlich alles nur vorläufig angefühlt: die Ausbildung, die Stellen, die er später hatte, die Wohnung, in die er irgendwann eingezogen war. Da es sich nie eindeutig und unzweifelhaft *richtig* angefühlt hatte, hätte er oft am liebsten sofort wieder alles geändert. Eine andere Ausbildung angefangen, eine neue Stelle gesucht oder eine andere Wohnung. Aus eigenem Antrieb getan hatte er das jedoch nie. Es waren bloße Überlegungen geblieben, sie waren im Vorstellungsstadium stecken geblieben, denn wer hätte ihm sagen können, dass eine neue Stelle oder eine neue Wohnung endlich bedeuteten, im richtigen Leben zu sein?

Nachdenklich legte Ulrich den Zettel zurück. Er nahm das grüne Salatblatt in die Hand und blickte es lange an. Mit den Fingern strich er an seinen Maserungen entlang. Von Weitem und auf den ersten Blick hätte man es für echt halten können. Doch schon beim näheren Hinsehen und erst recht, wenn man es in die Hand nahm, wusste man sofort, dass es nur vorgab, ein Salatblatt zu sein.

Ulrich blickte sich um. An dem Tisch, an dem er saß, war Platz für sechs Personen, vier konnten sich gegenübersitzen, je eine konnte links und rechts am Kopfende des Tisches Platz nehmen. Der Tisch musste für ein Abendessen gedeckt sein. Auf den weißen Porzellantellern standen kleine Salatschüsseln, rechts befanden sich jeweils ein Wein- und ein Wasserglas auf einem kleinen Holzuntersetzer. Neben den Tellern lagen Stoffservietten, die in Serviettenringen steckten. Es sah alles sehr feierlich aus und wirkte so, als ob die Gäste gleich kommen müssten.

Ulrich saß alleine am Tisch. Er versuchte sich vorzustellen, wie er dort mit anderen Menschen lachend und fröhlich saß, sodass man das Bild für den nächsten Katalog hätte fotografieren können. Doch es wollte ihm nicht gelingen, sich konkrete Menschen vorzustellen. Alle, die vor seinem inneren Auge an den Tisch traten, blieben seltsam blass und farblos, durchsichtige Schemen, deren Gesichter er nicht erkennen konnte. Manche setzten sich, andere blieben stehen; die, die sich hingesetzt hatten, standen wieder auf, und schließlich waren alle verschwunden.

Ulrich legte das künstliche Salatblatt in die große Schüssel zurück, stand auf und griff nach seinem Rucksack, der an einem Tischbein lehnte. Jetzt erst fiel ihm die kleine graue Stoffmaus auf, die neben dem gegenüberliegenden Tischbein saß und zu ihm hinüberblickte. Er hob die Maus auf und setzte sie in das Wasserglas, das neben dem Teller am rechten Kopfende des Tisches stand. Er blickte noch einmal unter den Tisch, doch eine weitere Maus oder ein anderes Stofftier fand sich dort nicht.

Von einem plötzlichen Einfall angetrieben nahm Ulrich den Rucksack auf den Rücken, lief mit schnellen Schritten aus der Esszimmerabteilung den Gang hinab und verschwand um die Ecke. Nach wenigen Augenblicken tauchte er mit einer weißen Stoffmaus in der Hand wieder auf. Er setzte die weiße Maus in das Wasserglas am anderen Kopfende des Tisches, die Mäuse konnten nun beide den Tisch überblicken und sich über ihre Eindrücke austauschen. Dann setzte sich Ulrich noch einmal an den Tisch. Der Zettel mit der Frage lag auseinandergefaltet vor ihm. Unter der Frage war noch ein wenig Platz. Ulrich holte einen der kurzen Bleistifte, die es überall im Möbelhaus gab, aus seiner Jackentasche, glättete den Zettel und schrieb in seiner kleinen, jedoch deutlichen Schrift unter die Frage: *Womöglich ja. Und nun?*

Den Rest des Nachmittages verbrachte Ulrich damit, die eingerichteten Wohnungen gründlich zu inspizieren. Hier und da stellte er eine Lampe um oder rückte einen Sessel in eine andere Ecke, probierte dann die neue Perspektive des Sessels aus und stellte danach alles wieder an seinen ursprünglichen Platz zurück. Auf einem Bett streckte er sich der Länge nach aus und wäre beinahe eingeschlafen. Erschrocken fuhr er hoch, stand wieder auf, schüttelte das Kissen auf und strich die Bettdecke glatt. Später zog er Kommodenschubladen auf und öffnete Schränke, er sortierte Gürtel und Krawatten in ausladenden Schrankschubladen um und ordnete alle Socken in den kleinen Filzboxen, die in einer Kommodenschublade standen.

Erst am frühen Abend beendete Ulrich seine Streifzüge durch die Ausstellungshalle. Er ging die Treppe zur Markthalle hinunter, lief an den still ruhenden Einkaufswagen vorbei und staunte erneut über die große Menge künstlicher Blumen, die das Möbelhaus am Eingang der Markthalle anbot. Ein ganzer Blumenladen war dort aufgebaut, und die Plastikstiele der Rosen, die eine Stoffblüte trugen, hatten sogar künstliche Dornen. Ulrich entdeckte Topfpflanzen, die in Plastikerde steckten.

Wenigstens die Tomatenpflanzen, die in einiger Entfernung auf einem großen Metallregal standen, waren echt, und die Erde war noch feucht, als seien sie vor nicht allzu langer Zeit gegossen worden.

Ulrich durchquerte die Markthalle, er lief an Teppichen, Lampen und großen durchsichtigen Plastikboxen vorbei. Er wollte sich hier nicht lange aufhalten, denn etwas trieb ihn weiter in die Möbel-Selbstbedienungshalle. Die Halle mit der hohen Decke lag im Halbdunkel, im Eingangsbereich standen gestapelte weiße Plastiksessel. Die Sessel erinnerten Ulrich an eine Fernsehserie, die er als Kind verfolgt hatte. Darin hatten solche Plastiksessel in der Zentrale einer Mondbasis gestanden, in jeder Folge hatten die Bewohner der Mondbasis fabelhafte Abenteuer erlebt oder um ihr Überleben kämpfen müssen, nachdem der Mond mitsamt der Basis aus der Erdumlaufbahn geschleudert worden war. Ulrich hatte sich damals zeitweise in ein Leben auf dieser Mondbasis hineinfantasiert. Er war ein mutiger Pilot gewesen, der die der Basis verbliebenen Raumschiffe, die *Adler* geheißen hatten, in halsbrecherischen und todesmutigen Manövern geflogen war.

Kurz setzte Ulrich sich auf einen der Sessel. Gerade kam er von einem schwierigen Außeneinsatz zurück. Die Basis wirkte verlassen. Wo mochten seine Kameraden sein? Er würde sich auf die Suche nach ihnen machen, womöglich waren sie in Gefahr. Doch er war ja da, um sie zu retten.

Als Ulrich weiter in die Selbstbedienungshalle vordrang, nahm er den Geruch nach Holz noch deutlicher wahr als sonst. Langsam ging er an den hoch aufragenden Regalen vorbei, mit der Hand streifte er hier und da über einen Stapel mit losen Regalbrettern. Bis zu fünf Etagen hoch türmten sich die Regale, und nur durch die wenigen Oberlichter drang etwas Licht in die Halle. Über den Hochregalen hingen Versorgungsleitungen an der Decke, die Ulrich nur schemenhaft wahrnehmen konnte.

Als er um die Ecke bog, wirkten die rechts und links den breiten Gang säumenden Hochregale im Dunkel der Halle und ihrer Stille so beeindruckend, dass Ulrich stehen blieb. Fast hatte er das Gefühl, sich in einer Kathedrale zu befinden. Die weit am Ende des Ganges liegenden Kassen konnte er kaum erkennen. Ulrich nahm den Rucksack ab und kramte darin, bis ihm einfiel, dass er die Taschenlampe nur im Traum dabeigehabt hatte. Er schaute wieder über den Gang und versuchte, seine Augen an das Halbdunkel zu gewöhnen. In seinem Traum hatte sich hier irgendwo der Lichtpunkt bewegt. Doch jetzt schien niemand hier zu sein.

Langsam ging Ulrich weiter und sah rechts und links in die Gänge zwischen den Hochregalen. Die Möbelpakete waren auf Paletten gestapelt, in den oberen Regalreihen standen die großen verschweißten Pakete, die nur von Mitarbeitern des Möbelhauses von den Regalen geholt werden konnten. Auf dem hellen Linoleumboden fanden sich die Spuren des lebhaften Besucherstromes und der kleinen Gabelstapler, die ansonsten zwischen den Regalen kurvten, der Boden war von schwarzen Streifen übersät.

Ulrich blickte sich um. Ihm war, als habe er ein Geräusch gehört. Doch in dem langen Gang hinter ihm war niemand. Ulrich ging ein paar Schritte zurück und schaute rechts und links um sich, dann blieb er wieder stehen. Hörte er nicht wieder dieses leise Säuseln? Er lauschte in den Raum hinein. Doch womöglich bildete er sich dies nur ein. Ulrich merkte, wie ihm in der großen Halle unheimlich zumute wurde. Rasch ging er in Richtung Kassenbereich und an den Kassen vorbei zur Lebensmittelabteilung. Dort verbarg er sich hinter einem Regal mit Marmelade und Fruchtsirup und blickte zu den Kassen zurück.

So stand er eine Weile still da, den Blick auf einen imaginären Punkt in der Ferne gerichtet, aus der er nun wieder das sanfte Säuseln zu hören meinte.

Seit dem späten Nachmittag hatte sich in ihm die Hoffnung festgesetzt, die Nachtwächterin am Abend wieder zu treffen. Sicher würde sie zu späterer Stunde ihren Dienst im Möbelhaus antreten, er müsste nur auf sie warten und hoffte, sie dann irgendwo in den Weiten des Möbelhauses zu finden. Und vielleicht würde sie Hunger haben? Ulrich nahm zwei Gläser mit Heringssalat aus dem Regal, dazu eine Packung Knäckebrot und zwei Flaschen Limonade. Im Kopf rechnete er aus, was alles zusammen kostete, rundete den Betrag auf und legte einen Geldschein auf die Theke neben der Kasse. Da er fürchtete, der Geldschein könne beim Ansturm der ersten Besucher am nächsten Morgen unbemerkt von der Theke geweht werden, lief Ulrich noch einmal zu den Regalen zurück, holte ein Glas mit Blaubeermarmelade und stellte es auf den Geldschein.

Dann verließ er die Lebensmittelabteilung wieder und ging langsam in Richtung Ausgangshalle davon.

Am Abend saß Ulrich im Restaurant. Die Zeit davor hatte er in der Schlafzimmerabteilung verbracht, sich auf dieses und jenes Bett gesetzt, sich dann in der Matratzenabteilung auf unterschiedlichen Matratzen ausgestreckt und war dabei stets darauf bedacht gewesen, nicht einzuschlafen. Auch als er im Restaurant an dem Tisch saß, an dem er am Morgen auf die Nachtwächterin gestoßen war, merkte Ulrich, wie müde er war.

Das Knäckebrot und die Gläser mit dem Heringssalat standen auf dem Tisch, daneben lagen zwei Gabeln und Servietten, die Ulrich aus den Besteck- und Serviettenboxen hinter den Kassen genommen hatte.

Ulrich war hungrig, doch er wollte die Mahlzeit nicht ohne die Nachtwächterin beginnen. Unruhig rutschte er auf dem Stuhl hin und her. Was sollte er tun, wenn sie gar nicht im Restaurant auftauchen würde? Sollte er dann in der Möbelausstellung und der Selbstbedienungshalle nach ihr suchen? Doch was wäre, wenn sie zwischenzeitlich im Restaurant ankam und er wäre weit weg? Sie würde dann nicht einmal annehmen, dass er auf sie gewartet hatte.

In die Schwierigkeit seiner Überlegungen und die Sehnsucht, die Nachtwächterin wieder zu treffen, mischte sich von Augenblick zu Augenblick stärker die Angst, am nächsten Tag könne es mit seinem Aufenthalt im Möbelhaus endgültig vorbei sein. Sicher würde er der dringlichen Forderung des Arbeitsamtes letztendlich doch nicht widerstehen.

Ulrich blickte über die leeren Tische des Restaurants, hier und da entdeckte er die kleinen Stoffbären und Stoffdrachen, die er am Morgen verteilt hatte. Mit ihnen wirkte das Restaurant auf wundersame Weise belebt. Die leere gelbe Tasche hatte er an den Ort zurückgestellt, wo er sie gefunden hatte.

Als Ulrich sich wieder umwandte, zuckte er zusammen. Ihm gegenüber saß die Nachtwächterin. Er hatte kein einziges Geräusch gehört, keine Schritte, kein Zurückschieben des Stuhles und kein Rascheln von Kleidung.

»Da bist du also wieder«, sagte sie nur.

»Äh, ja, ich dachte, Sie würden vielleicht … also, wenn Sie Ihren Dienst beginnen, vielleicht haben Sie dann vorher etwas Hunger?« Ulrich hörte, wie er stammelte, und es war ihm peinlich, dass er so konfus wirken musste.

»Ich freue mich, dass du etwas zu essen besorgt hast, Hunger habe ich tatsächlich«, erwiderte die Nachtwächterin. Sie griff nach einem Glas mit Heringssalat, öffnete es, nahm eine Gabel und begann zu essen. Zwischendurch trank sie einen Schluck Limonade. Auch Ulrich aß etwas.

Zum Nachtisch holte er die Tüte mit den Schokoladenbonbons aus seinem Rucksack und bot sie der Nachtwächterin an. Sie griff in die Tüte, holte ein Bonbon heraus, wickelte es aus und steckte es in den Mund. Dann schloss sie genüsslich die Augen.

Auch Ulrich nahm ein Bonbon. Wieder fühlte er sich in Anwesenheit der alten Frau auf wundersame Weise geborgen. In ihm breitete sich das Gefühl aus, dass alles in diesem Moment stimmig war und dass es nichts gab, was sein Leben in irgendeiner Weise gefährden könnte. Als er den Karamellkern schmeckte, wusste er sofort wieder, wie er sich gefühlt hatte, als er diesen Karamellgeschmack als Kind zum ersten Mal auf der Zunge gehabt hatte. Damals war er überrascht gewesen, dass es so etwas Köstliches in seinem Leben überhaupt geben konnte. Der Gedanke, dass das Bonbon aus Schokolade und Karamell für ihn nicht weniger köstlich war als für alle anderen Kinder und er eine ganze Tüte dieser Bonbons hatte, hatte ihm momentweise das Gefühl vermittelt, ebenso in die Welt zu gehören und an ihr Anteil zu haben wie alle anderen auch.

»Ich glaube, dir ist nicht langweilig gewesen in den letzten Stunden, nicht wahr?« Die Nachtwächterin riss ihn aus seinen Erinnerungen. Sie sah sich im Restaurant um und natürlich musste sie dabei auch die kleinen Stofftiere auf den Tischen entdeckt haben.

»Haben Sie die gelbe Tasche hier vergessen?«, fragte Ulrich.

»Aber nein. Ich vergesse eigentlich nie etwas, trotz meines Alters. Eigentlich weißt du auch genau, wer hier eine gelbe Tasche stehen gelassen haben könnte, oder?« Sie sah ihm direkt in die Augen und lächelte schelmisch.

Ulrich fühlte sich ertappt. »Ja, also … ich hatte da eine Vermutung. Schon öfter ist mir hier eine Frau mit gelben Taschen aufgefallen. Doch ich habe sie in letzter Zeit nicht mehr gesehen.«

»Tatsächlich? Und? Was treibt sie hier sonst so?«

»Das weiß ich nicht genau. Sie benimmt sich zuweilen etwas merkwürdig.«

»Übernachtet sie in einem Schrank?«

Ulrich stutzte. »Nein. Ich glaube nicht, dass sie das tut. *So* merkwürdig ist sie wohl doch nicht.«

»Das ist schade. Alles Merkwürdige ist doch bemerkenswert. Das Salz in der Lebenssuppe sozusagen.«

»So habe ich das noch nie betrachtet«, Ulrich blickte erstaunt auf. »Arbeiten Sie gerne hier?«, wollte er plötzlich wissen.

»Ja, mir gefällt die Nacht, und ich habe mich daran gewöhnt.«

»Ist es nicht anstrengend, jede Nacht wach zu sein und aufzupassen? Ich meine, wenn man …«, Ulrich verstummte.

»Du meinst, wenn man so alt ist wie ich? Ich habe immer viel zu tun gehabt, und mir gefällt es, bei meiner Tätigkeit hin und wieder auf Merkwürdigkeiten zu stoßen. Dazu eignet sich dieses Möbelhaus ganz besonders.« Sie lächelte und griff noch einmal in die Tüte mit den Schokoladenbonbons.

»Schlafen Sie denn tagsüber?«

»Ist es wichtig für dich zu wissen, wann ich schlafe?« Sie sah ihn mit schrägem Blick an.

Ulrich fühlte sich bei dem absurden Gedanken ertappt, die Nachtwächterin könnte überhaupt nicht schlafen, sondern würde auch tagsüber versteckt durch das Möbelhaus laufen. Für einen Moment hatte er geglaubt, sie könne einfach immer da sein und aufpassen. Doch hätte er sie dann nicht schon früher gesehen? Sicher wäre sie ihm in ihrer blauen Uniform unter den Besuchern aufgefallen. Er bemerkte, dass die Nachtwächterin auf ihrer Jacke nicht den Namen des Möbelhauses trug, der sonst auf allen Hemden oder Jacken der Mitarbeiter prangte. Auch einen anderen Firmenschriftzug konnte er nicht entdecken.

»Du machst dir viele Gedanken, nicht wahr?«, setzte die Nachtwächterin das Gespräch fort.

Ulrich blickte auf die Tischplatte, wieder fühlte er sich erkannt. »Ja, manchmal«, sagte er nur.

»Und morgen?«, fragte sie weiter. »Was wirst du morgen tun?«

Ulrich zuckte zurück. Sie konnte doch unmöglich wissen, dass er zu einem Computerkurs bestellt war. »Morgen früh?«, fragte er zaghaft. Die Nachtwächterin sah ihn unverwandt an. »Ich würde gerne hier bleiben«, sagte Ulrich leise.

»Du hast noch nicht das gefunden, was du hier suchst, nicht wahr?«, erwiderte die Nachtwächterin.

»Nein. Ich glaube, dafür brauche ich noch etwas Zeit.«

»Gibt es denn etwas, was dich davon abhalten könnte hier zu bleiben?« Die Nachtwächterin hatte den Kopf auf die Hände gestützt.

»Sie wissen das?«

»Was sollte ich wissen?« Die Nachtwächterin tat erstaunt.

Da erzählte Ulrich ihr, dass er kürzlich seine Stelle verloren hatte und vom Arbeitsamt aufgefordert worden war, am nächsten Tag zu einem Computerkurs zu erscheinen. Und wiegte die Nachtwächterin dabei nicht bedenklich den Kopf hin und her? So, als wäre sie erstaunt über Ulrichs Zögern, überhaupt zu dem Kurs zu erscheinen? Hatte nicht sein Vater genauso bedenklich den Kopf hin und her gewiegt, als Ulrich es als Kind ein einziges Mal gewagt hatte, ihm von seinen Berufsvorstellungen als Raumschiffpilot oder Polarforscher zu erzählen? Der Vater hatte damals geschwiegen und ihn auf eine so beunruhigte Art angesehen, dass Ulrich von selbst auf die Idee gekommen war, dass sich seine Vorstellungen niemals würden realisieren lassen. Fortan hatte Ulrich über seine Hoffnungen und Träume geschwiegen und sie lieber für sich behalten. Doch auch später war ihm der Blick des Vaters immer wieder eingefallen, wenn er sich einmal erlaubt hatte, sich ein völlig anderes Leben vorzustellen.

»Du musst eine Entscheidung treffen, nicht wahr?« Wieder riss die Nachtwächterin ihn aus seinen Erinnerungen.

»Ich werde wohl dort hingehen müssen.« Ulrich hatte den Blick gesenkt.

»Tatsächlich?«

»Aber was soll ich denn sonst tun? Man erwartet es schließlich von mir.«

»Machst du denn immer, was man von dir erwartet?«

»Wahrscheinlich meistens.« Ulrich ließ die Schultern hängen.

»Und hast du es schon einmal anders gemacht?«

»Das habe ich höchstens einmal versucht. Damit bin ich aber nicht weit gekommen.«

»Nein?«

»Hm.« Ulrich schwieg und überlegte. Schon sein Schulwiderstand war ins Leere gelaufen, und war er danach nicht ohnehin immer den Erwartungen der anderen gefolgt oder zumindest den Vorstellungen, die er für deren Erwartungen gehalten hatte? Hatte es davon irgendwann eine Ausnahme gegeben?

Ulrich sah, wie die Nachtwächterin sich im Restaurant umblickte. »Weißt du, diese beiden Stoffbären dort hinten am Fenster, die gemeinsam hinausschauen, die finde ich ganz besonders reizend«, sagte sie dann und lächelte ihn an.

Unwillkürlich musste Ulrich auch lächeln. Nein, niemand hatte von ihm erwartet, Stofftiere aus einer herumstehenden gelben Tasche zu nehmen und auf Restauranttischen zu verteilen. Und dass er auch in der Büromöbelausstellung Stofftiere verteilt hatte, hatte ihn selbst überrascht. Ulrich fühlte sich plötzlich leichter als sonst. Er blickte die Nachtwächterin dankbar an.

»Was könnte denn passieren, wenn du morgen früh nicht bei diesem Kurs erscheinst? Wirst du verhaftet und von der Polizei hingebracht werden?«

»Hm.« Ulrich grübelte.

»Ulrich?« Plötzlich meinte er, die Stimme seiner Mutter zu hören. Erschrocken schaute er sich um, er sah über die leeren Tische im Restaurant zu den Kassen und Theken hinüber. Doch dort war niemand.

Aus dem Augenwinkel hatte sein Blick die leere gelbe Tasche gestreift. *Nein,* dachte Ulrich. Und dann noch einmal: *Nein.* Und dann: Ja. Ja, er würde morgen früh im Möbelhaus bleiben. Er war hier noch längst nicht fertig, es fing doch gerade erst an. Er hatte hier noch so viel zu tun! Nein, er würde nicht beim Computerkurs erscheinen. Sicher würde sein Fehlen bemerkt werden. Vielleicht strich der Kursleiter seinen Namen von der Kursliste. Das Amt würde womöglich einen Brief schreiben. Das Arbeitslosengeld kürzen. Und wenn schon. Dies alles erschien Ulrich nun völlig unbedeutend im Vergleich mit der Wichtigkeit seines Aufenthaltes im Möbelhaus. Auch die

Nachtwächterin wollte er ja nicht zum letzten Mal getroffen haben. Ulrich lauschte noch einmal in das leere Restaurant hinein. Nein, die Stimme seiner Mutter musste er sich eingebildet haben.

»Du weißt nun, was du tun wirst, nicht wahr?« Das war die Stimme der Nachtwächterin.

»Ja«, sagte Ulrich. Und dann noch einmal: »Ja.« Dabei merkte er, wie er es genoss, dieses kleine Wort über seine Lippen schlüpfen zu lassen.

»Das freut mich«, sagte die Nachtwächterin und lächelte ihn an. »Dann ist meine Arbeit hier fürs Erste getan.« Sie stand auf und nahm ihren kleinen Rucksack auf den Rücken.

»Bis zum nächsten Mal«, sagte sie. Ulrich nickte erfreut.

»Und noch eins«, fügte sie hinzu, »vergiss die Frau mit den gelben Taschen nicht.« Dann lief sie Richtung Ausgang, winkte noch einmal und verschwand um die Ecke.

Ulrich stand auf und schlenderte zu dem Tisch am Fenster hinüber, auf den er das Stoffbärenpärchen gestellt hatte. Zusammen mit den Bären blickte er auf den stillen Parkplatz hinaus. Vom Himmel schien ein heller Mond, das hohe Schild mit dem Namen des Möbelhauses strahlte in der Dunkelheit, die Wipfel der jungen Bäume, die den Parkplatz säumten, bewegten sich sacht hin und her. Ulrich erschien die Welt so friedlich wie schon lange nicht mehr. Lange betrachtete er das Schild mit den vier Buchstaben.

Als Kind hatte er sich keinerlei Gedanken darüber gemacht, was diese Buchstaben bedeuteten; heute wusste er, dass die Buchstaben eine Abkürzung von Name und Heimatort des

Möbelhausgründers bildeten. Davor hatte er manchmal darüber sinniert, was sich mit diesen vier Buchstaben anfangen ließe. Als er zu Hause ausgezogen war und sich für seine Wohnung eine Lampe und einen Sessel gekauft hatte, hatte er den Firmennamen im Überschwang seines damaligen Aufbruchsgefühls mit *Ich kann einfach alles* entschlüsselt. Doch schon als er seinen Einkaufswagen über den Parkplatz geschoben hatte, das Firmenschild im Rücken, war ihm eingefallen, dass die vier Buchstaben auch *Immer kommt etwas anders* bedeuten könnten, oder auch nur *Ich kaufe einen Armlehnsessel.* Und im schlimmsten Fall könnten sie ja sogar *Ich könnte eigentlich aufgeben* meinen!

Nach Verlassen des Restaurants lief Ulrich durch die Kinder- und die Schlafzimmerabteilung zu der Ausstellungsfläche mit den Kleiderschränken zurück. Er passierte die Betten und Bettsofas, die einladend am Rand standen. Doch der Gedanke, am Morgen von einem Mitarbeiter des Möbelhauses oder dem ersten Besucher schlafend im Bett erwischt zu werden, hielt ihn davon ab, sich dort hinzulegen. Ulrich hatte keinen Wecker, der Schrank jedoch war unbequem genug, dass er darin am Morgen früh erwachen würde.

Wenigstens ein paar Kissen holte er sich von einem der Betten und polsterte den Boden des Schrankes aus. Dann setzte er sich in den Schrank und ließ noch einmal den Blick durch die stille Möbelhalle schweifen, bevor er langsam die Schranktür zuzog.

# 4.

Am Morgen erwachte Ulrich früh, im Möbelhaus war es noch still. Langsam schob er die Schranktür auf; die Ausstellungshalle lag im Dunkeln. Schnell stand er auf, streckte den Rücken durch, legte die Kissen auf das Bett zurück, ging dann durch die Ausstellungshalle zurück bis ins Erdgeschoss und verbarg sich dort auf den Toiletten. Ulrich merkte, wie die Erinnerung an seine Träume verblasste. War er mit einer gelben Tasche durch das Möbelhaus gelaufen und hatte hier und da etwas verteilt? Und hatte er dabei nicht ständig gemeint, beobachtet zu werden? Seiner bruchstückhaften Erinnerung nach war er vor mehreren Mitarbeitern des Möbelhauses davongelaufen und hatte sich schließlich in der Selbstbedienungshalle hinter einem hohen Stapel mit Regalbrettern versteckt. Dann war er aufgewacht.

In einer Toilettenkabine wartete Ulrich ab, bis sich das Möbelhaus langsam mit Leben füllte. Erst als er zweimal gehört hatte, wie die Tür einer Toilettenkabine geöffnet und geschlossen wurde, wagte er sich aus seinem Versteck. Er mischte sich unter die frühen Besucher des Möbelhauses und fuhr mit der Rolltreppe in den ersten Stock hinauf. Oben angekommen bog er hinter einer Gruppe älterer Möbelhausbesucher in Richtung Restaurant ab. Dabei blickte er sich hin und wieder um, doch niemand schien von ihm Notiz zu nehmen.

Mit einem großen Frühstücksteller und einem Kaffeebecher passierte er die Kasse, füllte den Becher an der Kaffeestation und ging zu einem Tisch am Fenster. Von dort aus konnte er das Restaurant gut überblicken. Ulrich frühstückte mit großem Genuss, noch zweimal lief er zur Kaffeestation und füllte sich den Becher mit Kaffee nach. Sein Frühstück beschloss er mit einem Stück Mandelkuchen. Die ersten Frühstücksgäste hatten das Restaurant wieder verlassen, nur einzelne Tische waren noch belegt. Die Stofftiere schienen den Besuchern nicht weiter aufgefallen zu sein, still saßen sie auf den Tischen und blickten im Restaurant umher.

Ulrich war mit seiner Situation mehr als zufrieden. Der Computerkurs hatte längst begonnen, seine Nichtanwesenheit musste bereits vermerkt und womöglich an das Arbeitsamt weitergeleitet worden sein. Doch dies ängstigte ihn weniger als jemals zuvor. Tief in seinem Inneren spürte Ulrich, dass er die richtige Entscheidung getroffen hatte. Ihm war klar, dass er im Möbelhaus bleiben wollte.

*Weil die besten Ideen manchmal um 3 Uhr nachts kommen,* hatte er am Vorabend auf einer Wand gelesen. Nur hier könnte er sogar nachts eine neue Idee für sein Leben bekommen. Die Stofftiere auf den Tischen schienen ihm aufmunternd zuzunicken. Hinten an der Wand lehnte immer noch die gelbe Tasche. Wieder einmal hatte Ulrich das Gefühl, dass im Möbelhaus noch etwas auf ihn wartete, dass er nur hier den Dingen, die für sein Leben eine Bedeutung hatten, auf die Spur kommen könnte.

Langsam füllte sich das Restaurant mit Besuchern, die ein spätes Frühstück oder ein frühes Mittagessen genießen wollten. Der Geräuschteppich um Ulrich herum nahm zu, Gesprächsfetzen mischten sich mit dem Klappern von Besteck. In einiger Entfernung saß ein jüngeres Pärchen mit einen kleinen Kind, das sich angeregt unterhielt. Wieder musste Ulrich an die Eltern denken. Der Vater hatte in der Woche meist stumm am Abendbrottisch gesessen, müde von der Arbeit im Büro und den sonstigen Anstrengungen des Lebens. Die Mutter hatte hin und wieder einen Satz hervorgestoßen, woraufhin der Vater genickt, den Kopf leicht geschüttelt oder gebrummt hatte. Ulrich hatte sich damals vorgestellt, wie der Muttersatz eine Weile wie ein farbiges Band über dem Tisch schwebte, sich dann niedersenkte, wobei er langsam grau wurde, um schließlich mit der Tischplatte zu verschmelzen. Einmal hatte Ulrich in die Luft gepustet, er hatte gehofft, den Satz noch etwas länger schweben lassen zu können. Die Mutter hatte ihn stirnrunzelnd und schweigend angesehen und Ulrich hatte beschämt auf seinen Teller geblickt. Als er wenige Momente später den Kopf wieder gehoben hatte, war der Satz verschwunden gewesen. Wenn der Mutter nach einigen Sätzen die Energie für weitere Sätze verloren gegangen war, hatte Ulrich das Gefühl gehabt, dass die sich ausbreitende Stille jedes Geräusch verschluckte. Nicht einmal das Ablegen des Bestecks am Tellerrand hatte er dann noch gehört.

Ulrich trank den letzten Schluck Kaffee und stellte die Tasse hörbar auf das Tablett zurück. Er hob das Messer auf dem Frühstücksteller leicht an und ließ es klirrend auf den Teller zurückfallen. Kaum jemand nahm von ihm Notiz, nur ein älterer Mann, der alleine an einem kleinen Tisch saß, blickte kurz auf. Mit Messer und Gabel zerteilte er dann wieder bedächtig und langsam sein Essen, schob es auf dem Teller hin und her, bevor er etwas davon auf die Gabel häufte und mit einer zögernden Bewegung zum Mund führte. Erstaunt stellte Ulrich fest, dass der Mann einen kleinen Hut trug, wie er längst aus der Mode gekommen war. Fast sah es so aus, als habe der Mann vergessen, den Hut vor dem Essen abzunehmen. Seine hellbeige Jacke hatte er hinter sich über die Stuhllehne gehängt.

Als der Mann seine Mahlzeit beendet hatte, lehnte er sich auf dem Stuhl zurück, kreuzte die Arme vor der Brust und sah in eine unbestimmte Richtung. Ulrich verschränkte die Arme ebenfalls vor der Brust. Er blickte im Restaurant umher und sah dabei hin und wieder zu dem älteren Mann hinüber. Als der sich nach einer Weile erhob, die Jacke von der Stuhllehne nahm und überzog, wäre Ulrich am liebsten aufgestanden, um sich von ihm zu verabschieden. Doch er blickte ihm nur nach, als er das Restaurant verließ.

Ulrich lauschte in den anschwellenden Klangteppich aus Gesprächsfetzen und Besteckgeklapper hinein, der über den Tischen schwebte. Er erschien ihm wie Tausende ineinander gewebter Bänder, die sich fortwährend bewegten, ineinander schwebten, stellenweise auseinanderdrifteten, um sich dann an anderen Stellen wieder miteinander zu verbinden. Er ertappte sich dabei, wie er in die Luft pustete, um dem Teppich eine neue Richtung zu geben. Verstohlen blickte er sich um, doch niemand schien es bemerkt zu haben.

Ulrich stand auf, brachte das Tablett zur Geschirrrückgabe und verließ das Restaurant. Eine Weile streifte er durch die Büromöbelausstellung und verteilte weitere kleine Stofftiere auf den Schreibtischen und Stühlen, die er zuvor in der Kinderabteilung von den Regalen genommen hatte. Hier und da legte er auch ein Schokobonbon auf den Fuß einer Schreibtischlampe oder auf einen Plastiklaptop. Dann verließ er die Möbelausstellung, durchquerte Markthalle und Selbstbedienungshalle im Erdgeschoss und zahlte an der Kasse lediglich für einen kleinen Stoffbären. Im Bistro aß Ulrich einen Hotdog und trank eine Limonade, dann verließ er das Möbelhaus durch den Hauptausgang. Wenn er im Möbelhaus bleiben wollte, würde er mehr als das eine Paar Socken brauchen, das er trug.

In seiner Wohnung angekommen öffnete Ulrich den Briefkasten im Hausflur. Außer zwei Werbezetteln, die für einen Gebrauchtwagenankauf und einen neuen Pizzadienst warben, fand sich nichts, was ihn hätte beunruhigen müssen. Er holte den kleinen Stoffbären aus seinem Rucksack und setzte ihn in den Briefkasten, der Kopf des Bären lugte durch die Klappe nach draußen. In seiner Wohnung duschte Ulrich, holte dann zwei Hemden, einen Pullover, zwei T-Shirts, eine weitere Hose, fünf Paar Socken, drei Unterhemden und sieben Unterhosen aus dem Kleiderschrank und stopfte alles in eine kleine Reisetasche. Dazu legte er noch ein Paar Turnschuhe und einige Bücher, die er endlich einmal lesen wollte, darunter die Geschichte eines Mannes, der sich der Welt zeitweise durch Winterschlaf entzieht, und den Roman *Das Glück in glücksfernen Zeiten* von Wilhelm Genazino, von dem Ulrich bereits alle übrigen Bücher kannte.

In seinen Rucksack packte er Zahnbürste und Zahnpasta, ein Stück Seife, Waschlappen und Handtuch, eine Taschenlampe mit Ersatzbatterien und einen gelben Taschenschirm, den er bei einem Preisausschreiben gewonnen, jedoch nie benutzt hatte. Zuletzt steckte er einen kleinen Wecker ein, der noch von seiner Mutter stammte. Kurz hatte er überlegt, auch das Ladekabel für sein altes Mobiltelefon mitzunehmen, doch ein Telefon schien ihm im Möbelhaus überflüssig zu sein. Auch für das Arbeitsamt wollte er nicht mehr erreichbar sein.

Zurück im Möbelhaus mischte Ulrich sich wieder unter die Besucher, die ihm an diesem Nachmittag zahlreicher erschienen als sonst. Im Restaurant aß er einen großen Teller Fleischbällchen mit Kartoffelpüree; der Stoffbär auf dem Tisch sah ihn an, als sei er erleichtert, dass Ulrich zurück war.

Den Nachmittag vertrödelte Ulrich auf verschiedenen Sofas und in unterschiedlichen Wohnzimmern, er beobachtete die anderen Möbelhausbesucher, blätterte durch seine Bücher und fuhr gelegentlich mit der Hand durch die Sofaritzen. Als der Besucherstrom am frühen Abend etwas abebbte, wagte Ulrich es, zwei kleine Zettel zu beschriften. Auf den einen schrieb er:

*Was könnte dieser Schrank für Ihr Leben bedeuten?*, auf den anderen: *Mit wem wollen Sie auf diesem Sofa sitzen?*

Ersterer fand seinen Platz in der Schublade eines Kleiderschrankes, letzteren steckte Ulrich in eine Sofaritze zwischen Rückenlehne und Sitzfläche. Zufrieden betrachtete Ulrich den unscheinbaren Schrank und das unauffällige Sofa, dann ging er ein letztes Mal an diesem Tag ins Restaurant. Es würde in einer halben Stunde schließen, früher als das Möbelhaus. Ulrich fand den letzten Salat mit Lachs und setzte sich an den Tisch am Fenster, auf dem noch immer die beiden Stoffbären saßen und auf den Parkplatz hinausblickten.

Im Restaurant hielten sich nur noch wenige Besucher auf, die müde und erschöpft wirkten. Der Himmel hatte sich zugezogen und es hatte zu regnen begonnen, auf dem Parkplatz ging ein Pärchen nebeneinander her mit einem hoch beladenen Einkaufswagen, das die Köpfe unter dem Regen einzog. Der Mann schob den Wagen und hatte Mühe, ihn um eine Kurve zu bringen. Schnell lief die Frau nach vorne zum Wagen, griff an die schweren Pakete und manövrierte den Wagen nun zusammen mit dem Mann in die gewünschte Richtung. Der Regen war stärker geworden, und die beiden bemühten sich, die Möbelpakete schnell in einem großen Kombi zu verstauen.

Ulrich wandte den Blick vom Parkplatz ab und sah im Restaurant umher. Tatsächlich, da war sie wieder! Nahe beim Eingang saß eine Frau, die unter dem Tisch eine gelbe Plastiktasche abgestellt hatte. Rasch wandte Ulrich den Blick ab, als fühle er sich ertappt. Dann schaute er sofort wieder zu der

Frau hin, tat dabei aber so, als würde er die letzten Schlucke Limonade aus einem Glas trinken, das längst leer war.

Nur hin und wieder blickte die Frau von ihrem Teller auf. Sie trug eine rote Mütze, ihre bunte Jacke hatte sie über die Stuhllehne gehängt. Als sie ihre Mahlzeit beendet hatte, schob sie das Tablett zurück, und fast sah es so aus, als wolle sie sogleich aufstehen, um das Restaurant wieder zu verlassen. Von Ulrich hatte sie bislang keinerlei Notiz genommen. Und warum sollte sie auch, er war ja nur ein unscheinbarer Möbelhausbesucher, der vor einem leeren Teller am Fenster saß und das Restaurant ebenfalls in wenigen Augenblicken verlassen würde.

Ulrich blickte sich um. Außer ihm und der Frau hielten sich jetzt nur noch einzelne Besucher im Restaurant auf. Ulrich bückte sich, öffnete seinen Rucksack und holte den gelben Regenschirm hervor. Draußen war der Regen in einen beständigen Dauerregen übergegangen. Ulrich zog die Hülle vom Schirm, stopfte sie in die Hosentasche, rückte mit dem Stuhl etwas vom Tisch ab und spannte den Schirm auf. Er hielt ihn sich über den Kopf und blickte scheinbar gedankenverloren vor sich hin, aus dem Augenwinkel behielt er dabei die Frau im Blick.

Immer noch hatte sie keine Notiz von ihm genommen. Ulrich bewegte den Schirm auf und ab, dann wandte er schnell den Kopf zum Fenster, aus dem Augenwinkel behielt er das Restaurant im Blick. Die Frau war auf ihn aufmerksam geworden. Verdutzt sah sie zu Ulrich hin. Ein Restaurantbesucher, der sein Tablett gerade zur Abräumstation brachte, schaute ebenfalls zu Ulrich hinüber und schüttelte leicht den

Kopf. Ulrich merkte, wie seine Wangen heiß wurden und sein Magen Purzelbäume schlug. Er sah, wie die Frau aufstand, ihre Jacke anzog, sich die gelbe Tasche über die Schulter hängte, ihr Tablett zur Abräumstation brachte und dann langsam in seine Richtung steuerte.

Schnell faltete Ulrich den Schirm wieder zusammen und stopfte ihn in den Rucksack zurück, ihm war sein ganzes Verhalten mittlerweile nur noch peinlich. Was um Himmels willen war in ihn gefahren und was sollte die Frau von ihm denken?

»Aha, es hat aufgehört zu regnen.« Da war sie schon an seinem Tisch. Draußen goss es noch immer. Ulrich wollte unbedingt etwas Witziges sagen, doch fiel ihm vor lauter Aufregung nichts ein.

Die Frau setzte sich ihm gegenüber, sie lächelte sogar.

»Gisela.« Sie streckte ihm die Hand hin.

»Hallo.« Ulrich schüttelte ihr die Hand. Ihm ging das jetzt alles zu schnell, und plötzlich durchzuckte ihn der Gedanke, wie er möglichst rasch in einen Schrank kommen könnte.

»Ihr Schirm gefällt mir. So einen hatte ich auch mal. Würden Sie ihn mir vielleicht ausleihen?«, fragte die Frau.

Ulrich nickte. Er holte den Schirm aus dem Rucksack und hielt ihn der Frau hin. »Bitte.« Er hörte seine Stimme wie aus weiter Ferne.

»Toll, danke!«, sagte die Frau. »Ich bringe ihn morgen wieder mit, dann können Sie ihn wiederhaben. Sie sind morgen Abend auch hier, oder?«

Ulrich nickte wieder.

»Dann sehen wir uns. Ich freue mich!«

Die Frau stand auf, schulterte ihre Tasche und lief Richtung Restaurantausgang davon. Ulrich sah, wie sie kurz innehielt, dann spannte sie den Schirm auf, blickte sich noch einmal um und lachte zu ihm hin.

Ulrich merkte, wie seine rechte Hand sich hob und kurz winkte. Die Frau winkte zurück, dann verschwand sie mit aufgespanntem Schirm um die Ecke.

Ulrich fühlte sich wie ein Überlebender. Mit beiden Händen umklammerte er sein Tablett. Gisela. Er konnte sich nicht erinnern, jemals jemanden getroffen zu haben, der so hieß. Gisela. Ulrich dachte den Namen langsam vor sich hin. Welchen Eltern war es bloß eingefallen, ihr Kind Gisela zu nennen? Kein Mädchen in seiner Klasse oder während seiner Ausbildung hatte je Gisela geheißen, auch im Büro war er nie einer Gisela begegnet.

Doch je länger er den Namen dachte, desto mehr gefiel er ihm. Gisela. Das war doch eigentlich ein schöner Name. Ein helles »i« am Anfang, und am Ende ein wohlklingendes »a«. Ulrich musste lächeln. Er war jetzt der letzte Besucher im Restaurant, auch das Möbelhaus würde bald schließen. Ulrich stand auf, schulterte seinen Rucksack, nahm das Tablett, brachte es zur Abräumstation und verließ das Restaurant. Ihm blieb nicht mehr viel Zeit.

In der folgenden halben Stunde richtete Ulrich sich im Möbelhaus ein. Mit Rucksack und Reisetasche lief er unauffällig zwischen Schränken und Kommoden hin und her, er blickte in diese und jene Schublade und betrachtete hin und wieder eines der Etiketten, als interessiere er sich ernsthaft für das angebotene Möbelstück.

Nur noch wenige Besucher liefen zwischen den Möbeln herum, doch Ulrich hatte den Eindruck, dass die Anzahl der Mitarbeiter, die hier und da auftauchten, um diese Zeit zunahm. Stets warf er einen kurzen Blick über die Schulter, bevor er ein paar Socken in einer Kommodenschublade versenkte. Neben den Socken, mit denen die Schubladen dekoriert waren, würden sie nicht weiter auffallen. Ulrich verteilte seine Socken auf zwei Kommodenschubladen, die T-Shirts stopfte er hinten in eine der Schubladen. In einen Kleiderschrank hängte er die Hemden, kaum jemand würde bemerken, dass sie, anders als die Dekorationshemden, nicht am Bügel befestigt waren. Seine Unterwäsche legte Ulrich sorgsam gefaltet in die Schublade eines großen Kleiderschrankes, eine Unterhose und ein Unterhemd behielt er und verstaute sie im Rucksack. Man kann ja nie wissen, dachte er.

Die Hose hängte er im Schrank über einen Hosenbügel und der Pullover fand seinen Platz in dem Fach eines weiteren Kleiderschrankes, Ulrich würde ihn ohnehin nur brauchen, sollte es im Möbelhaus überraschend kühler werden. Zuletzt zog er seine Schuhe aus und schlüpfte stattdessen in die bequemeren Turnschuhe, die Schuhe stellte er neben ein Paar, das schon unten im Schrank stand. Doch seine braunen Straßenschuhe, die einige Jahre alt waren, stachen neben dem schwarz glänzenden Paar Herrenschuhe zu sehr ins Auge. Ulrich nahm sie wieder aus dem Schrank.

Das Möbelhaus würde in Kürze schließen, gerade wurden die Kunden per Durchsage gebeten, sich zu den Kassen zu begeben. Ulrich ging zu einer der eingerichteten Wohnungen zurück. *Viele Geschichten. Ein Lebensraum,* war auf einer der Wände zu lesen, die die Wohnung vom Gang abtrennten. Ulrich blickte sich noch einmal um, bevor er seine Schuhe schnell unter das Bett schob. Die Bücher stellte er in ein Regal, in dem zahlreiche weitere Bücher standen. Erst auf den zweiten Blick würde ein Besucher feststellen, dass zwischen den Büchern in schwedischer Sprache hier und da ein deutscher Buchtitel stand.

Ulrich hätte sich gerne eine Weile auf das einladende Sofa gesetzt und das Gefühl genossen, in das Möbelhaus eingezogen zu sein. Doch ihm blieb keine Zeit mehr, er verließ die Wohnung und ging mit raschen Schritten in Richtung Schlafzimmerabteilung davon.

Es grauste ihm bei dem Gedanken, auch die dritte Nacht im Kleiderschrank zu verbringen; wie gern hätte er sich gleich auf einem der weichen Betten ausgestreckt. Doch sah er immer noch Mitarbeiter, die keine Anstalten machten, die Ausstellungshalle zu verlassen. In einem unbeobachteten Moment schlüpfte Ulrich in den Kleiderschrank, in dem er schon die vorherigen Nächte verbracht hatte; in der Eile vergaß er jedoch, sich Kissen oder eine weiche Decke zu besorgen. Sitzend lehnte er sich mit dem Rücken an die Schrankwand, winkelte die Beine an und hatte das Gefühl, der Boden des Schrankes müsse noch härter geworden sein.

So verbrachte er die nächsten Stunden. Zunächst meinte er noch, Stimmen zu hören, später verstummte die Musik und irgendwann war es im Möbelhaus still. Ulrich wartete eine weitere Stunde, dann schob er die Schranktür einen Spalt auf und lauschte in die im Halbdunkel liegende Ausstellungshalle. Klang von Weitem nicht wieder ein sanftes Säuseln, ein flüsternder Windhauch heran? Ulrich schob die Tür weiter auf, lugte aus dem Schrank heraus und blickte in die Möbelhalle. Niemand war zu sehen.

Die Nachtwächterin musste jetzt irgendwo im Möbelhaus sein, überlegte Ulrich. Doch er wusste immer noch nicht, ob sie die Einzige war, die das Möbelhaus nachts bewachte. Langsam kroch er aus dem Schrank heraus, stand auf und blickte sich nach allen Seiten um. Leise atmete er ein und aus und setzte dann einen Schritt vor den anderen, bis er auf dem Gang der Ausstellungshalle stand. Kurz hatte ihn die Vorstellung überfallen, dass gleich ein lauter Alarm losgehen und alle Lichter eingeschaltet würden. Doch es blieb so still wie zuvor.

In gebückter Haltung schlich Ulrich den Gang entlang. Hin und wieder sah er sich um. Endlich war er bei der kleinen Wohnung angekommen, die bereits einen Teil seiner Habseligkeiten enthielt. Die Wohnung lag im Dunkeln, das Bett war frisch bezogen. Ulrich stand an der Türschwelle, blickte noch einmal rechts und links den Gang hinab und lauschte angestrengt. Doch er hörte nur seinen eigenen Atem.

Auf Zehenspitzen schlich Ulrich zum Bett. Er nahm den Rucksack ab, holte den Wecker heraus und schob den Rucksack dann unter das Bett neben seine Schuhe. Als er sich auf das Bett setzte, quietschte es leise. Ulrich zuckte zusammen. In der Stille des Raumes erschien ihm das leise Quietschen wie ein brüllendes Geräusch. Ulrich kontrollierte seine Schuhsohlen, sie schienen ihm sauber genug zu sein. Er stellte den Wecker auf halb fünf, setzte ihn auf den kleinen Nachttisch und legte sich dann vollständig bekleidet auf das Bett. Nach einer Weile drehte er sich so, dass er den Wohnungseingang im Blick behalten konnte. Er grub seinen Kopf in das Kissen und schloss die Augen. Bald darauf war er eingeschlafen.

# 5.

Ulrich schlief unruhig. Gegen drei Uhr nachts schreckte er hoch, als er glaubte, ein Geräusch gehört zu haben. Mit klopfendem Herzen lauschte er in die Dunkelheit. Dann fielen ihm wieder die Augen zu.

Im Traum lief er durch das leere Möbelhaus, alle Lichter brannten, als sei es mitten am Tag. Ulrich ging zum Restaurant, er glaubte, dort verabredet zu sein, obwohl er nicht wusste, wen er dort treffen würde. Seine Gedanken blieben seltsam unbestimmt, und gleichzeitig meinte er, ein klares Ziel zu verfolgen. Auch das Restaurant wirkte leer, hinter den Theken und an den Kassen waren keine Mitarbeiter zu sehen, doch auf den gläsernen Regalen standen Teller mit zubereiteten Speisen und Kuchen. Ulrich verspürte keinen Hunger, der Anblick der gefüllten Teller tröstete ihn jedoch.

Jetzt sah Ulrich, dass jemand in der Mitte des Restaurants saß, und er erkannte die Nachtwächterin. Ulrich wollte gerade zu ihr hingehen, da betrat eine Frau mit einer gelben Tasche und einem aufgespannten gelben Regenschirm das Restaurant. Gisela ging zur Nachtwächterin und setzte sich an den Tisch. Die Nachtwächterin stand auf und begrüßte sie, als freue sie sich, einen neuen Gast kennenzulernen. Beide unterhielten sich angeregt und saßen nun unter dem Schirm, den Gisela immer noch in der Hand hielt. Gleich würde auch Ulrich zu ihnen hingehen, er wollte nur schnell noch etwas zu essen holen. In dem Moment, als er sich wieder den Theken zuwandte, wachte er auf. Rasch verschwammen die Traumbilder, in Ulrich aber blieb ein Gefühl stiller Freude zurück.

Ulrich sah auf den Wecker. Es war kurz vor halb fünf. Leise stand er auf. Zwar war er noch müde, doch die Angst davor, entdeckt zu werden, war weit von ihm abgerückt. Er genoss die Stille des Möbelhauses und zum ersten Mal hatte er das Gefühl, dass diese Stille gefüllt war. Es war nicht die Abwesenheit von Lärm und Geräuschen, die sie ausmachte – es war etwas, das in ihr Raum haben konnte.

Als er eine Weile in diese Stille hineinhorchte, glaubte er mit einem Mal wieder, das leise Säuseln zu hören. Ulrich strich Bettdecke und Kissen glatt, holte den Rucksack unter dem Bett hervor, steckte den Wecker ein und verließ die Wohnung. In der Schlafzimmerabteilung nahm er zwei Kissen aus einem großen Drahtkorb, ging zum Kleiderschrank, schob leise die Tür auf und setzte sich im Schrank auf eines der Kissen, das andere stopfte er sich in den Rücken. Dann schob er die Tür wieder zu.

Die nächsten Stunden döste Ulrich im Schrank, schlief jedoch nicht mehr ein. Irgendwann hörte er draußen Stimmen, die ersten Mitarbeiter mussten sich in der Ausstellungshalle aufhalten. Bald erklang wieder Musik und durch einen schmalen Spalt konnte Ulrich erkennen, dass es im Möbelhaus heller geworden war. Er wartete ab, bis das Möbelhaus offiziell geöffnet hatte, dann schob er langsam die Tür auf, blickte kurz nach rechts und links und stieg schnell aus dem Schrank. Er nahm die Kissen und brachte sie zum Drahtkorb zurück. Als er sich umblickte, sah er aus dem Augenwinkel jemanden mit einer gelben Plastiktasche. Doch es war nur ein älterer Mann, der gemächlich den Gang entlangging, hier und da einen Gegenstand befühlte und dann ein kleines Kissen aus einem anderen Drahtkorb in die Tasche steckte.

Ulrich durchquerte die Möbelausstellung und ging zu den Toiletten beim Restaurant. Auch er trug nun eine gelbe Plastiktasche, darin befand sich jedoch lediglich ein Zahnputzbecher, den er aus dem Badezimmer einer eingerichteten Wohnung mitgenommen hatte. Im Restaurant saßen schon zahlreiche Frühstücksgäste, die Toilette jedoch war leer.

Schnell putzte sich Ulrich die Zähne, ging auf die Toilette und betrat dann das Restaurant. Gisela war nirgends zu entdecken. Ulrich frühstückte an einem Tisch in der Mitte des Restaurants und füllte sich den Kaffeebecher anschließend noch zweimal nach. Restaurantbesucher kamen und gingen, der Lärmpegel schwoll zwischenzeitlich an und ebbte wieder ab.

Ulrich fiel eine Frau mittleren Alters auf, die alleine an einem Tisch saß. Das Frühstückstablett hatte sie zur Seite geschoben, in der Hand hielt sie einen kleinen Zettel, den sie lange betrachtete. Ulrich ging ein weiteres Mal zur Kaffeestation, auf dem Rückweg lief er wie zufällig am Tisch der Frau vorbei. Sie hielt den Zettel immer noch in der Hand und Ulrich konnte aus dem Augenwinkel erkennen, dass es einer der Notizzettel des Möbelhauses war. Auf der blanken Seite des Zettels, auf die sie blickte, sah er eine dünne Bleistiftschrift, doch konnte er die Worte aus der Entfernung nicht entziffern, nur das große Fragezeichen am Ende des Satzes fiel ihm auf.

Ulrich setzte sich wieder an seinen Tisch. Als er zu der Frau hinüberblickte, bemerkte er, wie sie den Kopf auf die Hände stützte, als denke sie angestrengt über etwas nach. Nach einer Weile stand die Frau auf und ging zur Kaffeestation; mit einem gefüllten Kaffeebecher kam sie an ihren Tisch zurück, nippte hin und wieder am Kaffee, blickte im Restaurant umher und wirkte dabei auf seltsame Weise entschlossen. Als sie ihren Kaffee ausgetrunken hatte, stand sie auf, ging zur Abräumstation und verließ das Restaurant. Den Zettel hatte sie dem kleinen Stoffbären unter den Arm geschoben, der auf dem Tisch stand.

Ulrich nahm sein Tablett und setzte sich an den Tisch, an dem eben noch die Frau gesessen hatte. Er nahm den Zettel und faltete ihn auseinander. *Wann ändern Sie das, was sich ändern soll?,* las Ulrich. Lange schaute er auf die Frage, dann steckte er den Zettel nachdenklich zurück; auch andere Restaurantbesucher sollten sich noch mit dieser Frage auseinandersetzen können.

Ulrich wollte gerade aufstehen, da sah er, wie Gisela das Restaurant betrat, über die Tische blickte und ihn sofort entdeckte. Wieder trug sie ihre rote Mütze und die bunte Jacke, dazu einen kleinen Stoffrucksack, über die Schulter hatte sie sich eine gelbe Plastiktasche gehängt. Sie kam zu seinem Tisch und setzte sich ohne Aufforderung.

»Ich sehe, Sie haben schon gefrühstückt«, stellte sie fest.

»Äh, ja, ich wusste nicht, ob Sie … oder wann Sie …«, hörte Ulrich sich sagen.

»Ach, das macht ja nichts«, sagte Gisela. »Trinken Sie noch einen Kaffee?«

»Ja, doch … gerne«, stammelte Ulrich, der nicht wusste, ob er den fünften Kaffee an diesem Morgen vertragen würde.

»Ich darf mal?«, fragte Gisela und griff, ohne eine Antwort abzuwarten, nach dem Becher auf Ulrichs Tablett.

»Milch und Zucker?«, fragte sie.

»Danke, einfach schwarz«, erwiderte Ulrich.

Gisela ging zu den Essenstheken, ihre Tasche hatte sie am Tisch stehen gelassen. Ulrich bückte sich, um einen Blick in die Tasche erhaschen zu können. Darin befand sich ein kleines Holzhäuschen, daneben lagen einige kleine Möbel und Teppiche, die offenbar zu dem Häuschen gehörten. Tatsächlich sah es so aus, als handele es sich um Miniaturausgaben der Möbel, die es hier zu kaufen gab. Ulrich erinnerte sich, schon einmal in irgendeiner der Wohnungen ein eingerichtetes Puppenhaus gesehen zu haben, doch hatte er ihm keine weitere Beachtung geschenkt und ihm war nicht aufgefallen, dass das Möbelhaus seine Möbel auch als Miniaturen verkaufte.

Wie praktisch, dachte Ulrich. Wie wenig aufwendig waren diese Möbel nach Hause zu transportieren, man konnte erst einmal ein Miniaturregal in der Wohnung aufstellen und sich dann überlegen, ob man es auch in der originalen Größe haben wollte.

Ulrich blickte wieder auf, Gisela stand in der Schlange vor der zu dieser Zeit einzigen geöffneten Kasse. Plötzlich bildete Ulrich sich ein, dass ihn alle Besucher im Restaurant beobachten würden. Hatte nicht der ältere Mann, der weiter hinten am Fenster saß und den Ulrich schon einmal gesehen zu haben meinte, eben zu ihm hingeblickt? Und hatte ihn nicht das Kind angelacht, das nur einige Tische entfernt gerade mit seinen Eltern Platz nahm? Jetzt schauten doch auch die Eltern kurz zu ihm hinüber. Dann steckten sie ihre Köpfe zusammen und der Mann sagte irgendetwas, doch so leise, dass Ulrich es nicht verstehen konnte.

Da kam Gisela schon wieder an den Tisch zurück, auf ihrem Tablett standen zwei Becher mit Kaffee und ein Stück Kuchen. Neben dem Kuchenteller sah Ulrich zwei Gabeln.

Gisela stellte ihm den Kaffeebecher hin. »Danke«, sagte Ulrich.

»Möchten Sie probieren?«, fragte Gisela und zeigte mit einer Gabel auf den Kuchen.

Nein danke, wollte Ulrich reflexartig sagen. Doch kurz streifte sein Blick den Zettel unter dem Arm des Stoffbären und Ulrich hielt einen Moment inne. Er konzentrierte sich. Es musste doch möglich sein, auch einen anderen Satz zu sagen.

Gisela hielt den Kopf schräg. »Nun?«

Wie lächerlich musste er wieder erscheinen, schoss es Ulrich durch den Kopf. Doch Gisela war das offenbar egal, sie legte ihm schon die Gabel hin.

»Vielleicht ein kleines Stückchen, danke«, hörte Ulrich sich endlich sagen. Mit zitternder Hand ergriff er die Gabel und teilte ein kleines Stückchen vom Kuchen ab. Bestimmt würde ihm das Kuchenstück von der Gabel fallen und es wäre wieder alles nur peinlich. Gisela ließ gerade ein großes Stück Schokoladenkuchen in ihrem Mund verschwinden.

»Lecker, nicht?«, sagte sie und kaute weiter.

Ulrich spießte das kleine Stückchen auf der Gabel auf und schaffte es, den Kuchen ohne Zwischenfälle bis zum Mund zu bringen. »Ja, sehr lecker«, sagte er kauend. Warum um Himmels willen musste ihm nur immer alles so kompliziert erscheinen und ihn so furchtbar ängstigen? Er warf Blicke nach links und nach rechts, doch niemand von den Nachbartischen blickte zu ihm herüber.

»Und was machen Sie sonst so?«, frage Gisela plötzlich zwischen zwei Kuchenstücken.

»Was ich mache …? Sie meinen, hier …?«, fragte Ulrich irritiert.

»Ja, nun, ich hatte den Eindruck, dass Sie sich recht häufig im Möbelhaus aufhalten«, stellte Gisela wie beiläufig fest.

»Also, hin und wieder schon.« Ulrich merkte, wie seine Handflächen feucht wurden.

»Aha. Hin und wieder. Soso. Sie würden mir wohl nicht Ihren Namen verraten? Also nicht, dass ich Ihnen zu nahe treten möchte …«

»Klein«, hauchte Ulrich, »Ulrich Klein.«

»Ulrich«, sagte Gisela lächelnd. Bestimmt fand sie seinen Namen lächerlich. Wer hieß schon Ulrich? Nur im Kindergarten war Ulrich einmal einem zweiten Ulrich begegnet. Doch Gisela schien an seinem Namen keinen Anstoß zu nehmen.

Sie aß das letzte Stückchen Kuchen, dann griff sie in ihren Stoffrucksack und holt den gelben Regenschirm hervor.

»Hier, bitte, bevor ich das vergesse. Und vielen Dank noch einmal, er hat mir gute Dienste geleistet.«

»Im Möbelhaus?«, wagte Ulrich zu fragen.

»Ja, ja. Fast wäre ich verhaftet worden.« Gisela blinzelte ihm verschwörerisch zu.

»Ach …?«

»Wissen Sie, man kennt mich hier schon. Ich bin etwas aufgefallen. Ich habe mich wohl den Regeln des Möbelhauses nicht genügend unterworfen, aber das würde auch gar nicht zu mir passen! Erlaubt ist schließlich, was Spaß macht, meinen Sie nicht auch?«

Ulrich wollte etwas erwidern, doch er fühlte sich so überrumpelt, dass er den Mund wieder nicht aufbekam. Auch daran schien Gisela sich nicht zu stören.

»Sie sind da offenbar geschickter«, fuhr sie fort. »Sie schleichen wie ein Chamäleon durch das Möbelhaus und hinterlassen nirgendwo Spuren. Und wenn, dann so, dass Ihnen niemand auf die Schliche kommen kann.«

Ulrich fühlte sich nackt.

»Manchmal gehe ich auch nur ins Restaurant und schaue eine Weile umher«, sagte er schließlich. Ihm war es jetzt endgültig egal, was Gisela von ihm denken könnte. Schließlich war sie die Verrückte. »Wissen Sie«, fuhr er fort und senkte die Stimme, »eigentlich bin ich ein Beobachter.« Und das war er doch tatsächlich! Wozu sonst hielt er sich im Möbelhaus auf? Plötzlich schien Ulrich das Beobachten der anderen keine bloße Zerstreuung oder gar Flucht vor dem Leben zu sein, sondern seine ureigene Aufgabe.

»Ein Beobachter?« Gisela schien jetzt auch einmal irritiert.

»Ja.« Ulrich merkte, wie er langsam in Fahrt kam. »Ich bin hier, um die Besucher des Möbelhauses zu beobachten.«

»Ach ja? Und was machen Sie dann mit Ihren Beobachtungen?«

»Nichts. Es ist nur wichtig, dass jemand Beobachtungen macht. Damit nichts verloren geht. Sehen Sie den Mann dort hinten, der alleine an seinem Tisch sitzt?« Gisela wandte den Kopf und blickte zu den Fenstern hin. »Sehen Sie einmal genau hin.« Ulrich spürte, wie er langsam sicherer wurde. »Was sehen Sie?«

»Einen älteren Mann, der alleine an einem Tisch sitzt?« Gisela sah ihn fragend an.

»Genau. Und was sehen Sie noch?«, bohrte Ulrich weiter.

»Was sollte ich da noch sehen?«

»Sein Leben. Seine Träume und seine Enttäuschungen. Das, was nicht geklappt hat in seinem Leben. Und das, was er vielleicht immer noch hofft.« Ulrich wunderte sich über sich selbst.

»Das sehen Sie alles?« Gisela sah ihn erstaunt an.

»Nein«, sagte Ulrich. »Eigentlich sehe ich nichts davon. Aber ich kann es mir vorstellen. Ich stelle mir manchmal vor, was im Leben der Menschen, die ich beobachte, wichtig war oder ist oder wovon sie träumen und was sie hoffen. Es kann natürlich alles ganz anders sein. Aber wenn jemand etwas genau beobachtet, geht nichts davon verloren. Dann gibt es einen Zeugen, jemanden, der den Moment mit dem, den er beobachtet, geteilt hat, verstehen Sie?«

»Nicht ganz«, gab Gisela zu. »Aber es klingt sehr schön, was Sie sagen.« Sie schwieg eine Weile und sah zu dem Mann am Fenster hin. Dann wandte sie sich wieder Ulrich zu. »Machen Sie das oft?«, fragte sie.

»Ja. Sehr oft. Es ist meine Aufgabe.« Ulrich lächelte und lehnte sich zurück. Er spürte, wie sich eine ganz neue Empfindung der Stimmigkeit in seinem Inneren ausbreitete. Wie klar und folgerichtig ihm nun alles erschien! Vielleicht war das überhaupt der Grund dafür, dass er sich im Möbelhaus in den letzten Wochen und Monaten seit dem Tod der Eltern so wohlgefühlt hatte. Hier hatte er eine neue Aufgabe gefunden, ohne dass ihm dies bislang bewusst gewesen war. Doch jetzt war er davon vollkommen überzeugt.

Auch Gisela wirkte beeindruckt. Ulrich hätte am liebsten ein ganzes Stück Schokoladenkuchen gegessen, doch er wollte auf keinen Fall aufstehen und Gisela alleine am Tisch zurücklassen.

»Ich habe auch so meine Aufgaben im Möbelhaus ... wenn ich das so sagen darf«, brach Gisela das Schweigen. Plötzlich schien ihr etwas einzufallen. »Haben Sie mich etwa auch schon beobachtet?«, fragte sie.

»Gelegentlich.« Ulrich musste lächeln.

»Aha.« Gisela hielt ihre Kaffeetasse mit beiden Händen umklammert. Ulrich bereitete sich innerlich auf die Frage vor, was er dabei über sie gedacht habe, doch zu seiner Erleichterung blieb diese Frage aus.

»Nun, ich sehe das Umdekorieren als meine Aufgabe«, fuhr Gisela stattdessen fort. »Die Dinge sind hier so wohlgeordnet und es gibt Räume, die einem klaren Zweck zugeordnet sind.

In jedem Raum muss der Mensch sich dann so verhalten, wie der Raum es von ihm erwartet. Diese ganze Ordnung geht mir gegen den Strich!« Gisela hob ihre Stimme.

»Ja?«, warf Ulrich ein.

»Und wie!«, schnaubte Gisela. »Dagegen muss ich einfach etwas tun. Auch wenn es meist nur symbolischen Charakter hat. Ach, wie gerne würde ich einmal eine von den Toilettenschüsseln aus einem Badezimmer vor einen Schreibtisch stellen! Aber dann fliege ich hier womöglich endgültig raus.«

Meine Güte, dachte Ulrich. Gisela schien ihm noch verrückter zu sein, als er es ohnehin schon angenommen hatte.

»Und heute? Was haben Sie heute noch vor?«, fragte er.

Gisela beugte sich verschwörerisch zu ihm hinüber. »Wissen Sie, ab und zu stelle ich den Besuchern des Möbelhauses Fragen. Dass die bloß nicht meinen, sie könnten sich mit einem Möbelkauf aus der Affäre ziehen. Wissen Sie, wie viele Leute glauben, sie könnten ihr Leben durch neue Möbel verändern? Sie kaufen sich ein neues Regal oder ein neues Sofa und meinen glatt, ihrem Leben dadurch eine Wendung zum Besseren gegeben zu haben.«

»Soso.« Wieder fühlte sich Ulrich ertappt. Er zog den kleinen Zettel unter dem Arm des Stoffbären hervor. »Das waren also Sie.«

»Habe die Ehre«, sagte Gisela triumphierend. »Und?«, fuhr sie fort, »haben Sie die Frage für sich schon beantwortet?«

»Wissen Sie was?«, sagte Ulrich statt einer Antwort. »Ich habe gerade unglaubliche Lust auf ein Stück Schokoladenkuchen. Möchten Sie noch einen Kaffee oder sonst irgendetwas?«

»Danke, nur einen Kaffee mit Milch, ich habe noch zu tun«, sagte Gisela und holte aus ihrer Hosentasche einen kleinen Stapel Möbelhauszettel und einen Bleistift. Sie zwinkerte ihm zu. Mit dem Tablett ging Ulrich zur Essenstheke, einige Augenblicke später kam er mit zwei gefüllten Kaffeebechern und einem Stück Schokoladenkuchen zurück.

Während Ulrich den Kuchen aß, beschriftete Gisela kleine Zettel mit Fragen, die sie anschließend in ihre Hosentasche stopfte. Den letzten zeigte sie ihm vorher: *Haben Sie auch Ihr Leben so eingerichtet, wie Sie wollten?*, las Ulrich. Er aß das letzte Stück von dem Schokoladenkuchen und legte die Gabel beiseite. »Haben Sie schon einmal eine Antwort auf Ihre Fragen bekommen?«

»Nein«, sagte Gisela. »Manchmal glaube ich, die anderen Besucher verstehen manche Fragen gar nicht. Oder sie fühlen sich nicht angesprochen. Oder es ist ihnen überhaupt alles egal, außer, ob sie die Möbel, die sie gekauft haben, auch aufbauen können oder daran scheitern wie kleine Kinder, die sich zu viel vorgenommen haben.«

»Aber die Fragen stellen Sie trotzdem weiter?« Ulrich war erstaunt.

»Natürlich! Auch das gehört zu meinen Aufgaben«, sagte Gisela nun mit Nachdruck. »Irgendjemand muss diese Fragen doch stellen! Wenn sie gar nicht erst gestellt werden, wie sollte dann der eine, den sie vielleicht nachdenklich machen, davon Kenntnis erlangen? Und überhaupt, ein Leben ohne Fragen stelle ich mir todlangweilig vor. Wie abgestandenen kalten Kaffee.«

»Mhm.« Ulrich schwieg nachdenklich.

»Wissen Sie was?« Gisela schien einen Einfall zu haben. »Wir könnten da eventuell arbeitsteilig vorgehen.«

»Ja?« Ulrich hielt den Kopf schräg. Bislang hatte er Gisela mit einer Mischung aus Erstaunen und Faszination zugehört, doch jetzt kam es offenbar darauf an, sich auf keinen Fall in die Netze dieser Verrückten verstricken zu lassen.

»Aber ja. Mein Gott, wieso bin ich nicht früher darauf gekommen!«, schalt Gisela sich selbst. »Es ist doch ganz einfach. Ich bin die Fragestellerin, Sie sind der Beobachter. Wenn ich selbst zu lange dort ausharre, wo ich eben einen Zettel abgelegt habe, ist das viel zu auffällig. Aber Sie fallen nicht auf! Sie können beobachten, wie die Besucher auf meine Fragen reagieren. Abends setzen wir uns unauffällig im Restaurant zusammen und werten gemeinsam Ihre Beobachtungen aus. Was halten Sie davon?« Gisela schien von ihrer Idee begeistert zu sein.

Ulrich fühlte sich so, als ob das Arbeitsamt ihm ein Jobangebot gemacht habe und nun erwarte, dass er es annehme. Eigentlich hatte er nichts gegen Giselas Vorschlag einzuwenden, immerhin billigte sie ihm die stille Beobachterrolle zu. Doch keinesfalls durfte er zulassen, dass er sich nur noch auf Giselas Pfaden bewegte und nicht mehr auch seinen eigenen Stimmungen folgte.

»Sehen Sie«, sagte er, »meine Beobachtungen leben von ihrer Zufälligkeit. Ich weiß manchmal gar nicht, warum mir gerade dieser oder jener Besucher auffällt, ein anderer aber nicht. Ich fürchte, wenn ich nur noch gezielt in einer Ecke lauere und auf die Reaktionen der Besucher auf Ihre Fragen warte, dann beobachte ich gar nicht das Eigentliche, sondern nur das Erwartete.«

»Ach so? Mhm.« Gisela schien nachzudenken.

»Was halten Sie davon?«, fuhr sie nach einem Moment fort. »Ich verrate Ihnen die Fragen vorher nicht. Ich sage Ihnen auch nicht, wo genau ich die Zettel mit den Fragen hinlege. Vielleicht gebe ich Ihnen nur den einen oder anderen Hinweis, welche Ausstellungshalle oder welches Wohnzimmer womöglich für Ihre Beobachtungen ertragreich sein könnte. Das ist es dann schon. Ansonsten tun Sie einfach, was immer Sie wollen oder sonst auch tun würden. Was meinen Sie dazu?« Gisela sah ihn gespannt an.

Ulrich schien dies ein annehmbarer Vorschlag zu sein.

»Darüber ließe sich reden«, sagte er und nickte.

»Fein«, erwiderte Gisela, »wir fangen am besten gleich an.« Sie warf einen Blick in die gelbe Plastiktasche. »Nicht, dass ich Sie da jetzt irgendwohin dirigieren wollte«, fuhr sie fort, »doch die Büromöbelausstellung scheint mir heute ein guter Ort für etwaige Beobachtungen zu sein.« Gisela grinste. Ulrich hielt den Kopf schräg und stülpte die Lippen nach vorn.

»Ich gehe dann mal an die Arbeit«, sagte Gisela und stand auf.

Ulrich blickte ihr nach, bis sie mit ihrem Stoffrucksack und der gelben Plastiktasche über der Schulter in der Möbelausstellung verschwunden war. Das Restaurant füllte sich bereits mit Besuchern, die dort zu Mittag aßen. Ulrich blickte zum Fenster hin, doch der Mann, der dort alleine an einem Tisch gesessen hatte, hatte das Restaurant bereits wieder verlassen. An dem

Tisch saß nun ein älteres Paar, das stumm seine Mahlzeit verzehrte. Während der Mann noch aß, schob die Frau ihr Tablett zur Seite und blickte aus dem Fenster. Mit der Hand zupfte sie sich am Ohrläppchen.

Sofort überfiel Ulrich die Erinnerung an seine Mutter, die sich ebenfalls, lange nachdem Ohrclips aus der Mode gekommen waren, auf diese Weise am Ohrläppchen gezupft hatte, als wolle sie ihre Ohrclips abnehmen. Das Erinnerungsgefühl, gemischt mit einer leisen Trauer, wurde in Ulrich kurzzeitig so stark, dass er am liebsten zu dem Paar am Fenster hingelaufen wäre. Was hätten die Eltern wohl gesagt, wenn er ihnen von der Begegnung mit Gisela hätte erzählen können?

Ulrich stützte den Kopf in die Hand und schloss die Augen, er versuchte, sich in einen Elterndialog hineinzufantasieren. Doch die Eltern blieben stumm. Hätten sie etwa befürchtet, dass Gisela auch ihnen Fragen zu ihrem Leben stellen könnte? War das Leben der Eltern ohne Fragen geblieben oder hatten sie nur in einem stillen Einvernehmen gelebt, auf ihre Fragen lieber keine Antworten zu suchen? Ulrich sah seine Eltern zu Hause ruhig auf dem Sofa sitzen. Ab und zu sah die Mutter zum Vater hin, zwischendurch strich sie das kleine Deckchen auf dem Couchtisch glatt, obwohl es ohnehin glatt war.

Als Ulrich die Augen wieder öffnete, war auch das ältere Paar am Fenster verschwunden. Ulrichs Blick streifte über die vielen Besucher im Restaurant, die sich mit einer Mahlzeit stärkten, bevor sie in die Ausstellungshalle oder nach Hause zurückkehrten, um dort den Aufbau der Möbel in Angriff zu nehmen.

Vor fünf Jahren hatte Ulrich das letzte Möbelstück gekauft. Ein Bücherregal, das das Möbelhaus seit Jahrzehnten verkaufte und das leicht aufzubauen war, wenn sich auch einzelne Feinheiten ab und zu änderten. In Ulrichs Wohnung stand es neben den alten Regalen aus seiner Jugendzeit; als er es aufgebaut hatte, hatte er das Gefühl gehabt, das Leben doch noch irgendwie bewältigen zu können. Wenigstens in dem selbst aufgebauten Regal konnte er die verwirklichte Möglichkeit eigener Tüchtigkeit sehen. *Glauben Sie, dass im Selbstaufbauen von Möbeln Lebensglück liegt?* Ulrich sah Gisela vor sich, die ihn mit bohrendem Blick ansah. Er stand auf, brachte das Tablett zur Abräumstation und verließ das Restaurant.

In den folgenden Stunden wanderte Ulrich durch die Ausstellungshalle und ging dabei zweimal durch die Büromöbelausstellung. Er entdeckte das kleine Puppenhaus unter einem Schreibtisch; eingerichtet stand es dort, als wolle es sich verstecken. Im Zimmer oben links stand ein blaues Bett, auf dem sogar eine Decke und ein Kopfkissen lagen. Auf dem Bett saß ein winziger grüner Drache, der Ulrich forsch anblickte. Eines der unteren Zimmer war als Wohnzimmer eingerichtet, auf einem kleinen Teppich standen ein Miniaturtisch und ein Miniatursofa mit rosafarbenem Bezug, auf dem Sofa lag ein kleines Kissen, das Ulrich in der Möbelausstellung kurz zuvor in Originalgröße gesehen hatte: Ein rotes Herz streckte die Arme aus. Ein anderes Zimmer war mit zwei kleinen Regalen eingerichtet, vor den Regalen entdeckte Ulrich eine Miniaturausgabe des Plastiksessels, der ihn an die Science-Fiction-Serie seiner Kindheit erinnerte.

Ulrich wäre am liebsten sofort in das Puppenhaus eingezogen. Unter dem Teppich im Wohnzimmer lugte ein kleiner Zettel hervor. Ulrich konnte sich denken, was darauf stand. Er ließ den Zettel unter dem Teppich liegen und setzte sich an einen Schreibtisch in der Nähe. Dort studierte er die Möbeletiketten und tat dann so, als notiere er sich etwas auf einem Zettel. Hin und wieder blickte er zu dem Schreibtisch mit dem Puppenhaus. Doch am frühen Nachmittag fand sich niemand, der das Puppenhaus näher betrachtete und den Zettel hätte entdecken können.

Daraufhin bummelte Ulrich längere Zeit durch die Markthalle im Erdgeschoss. Gisela sah er dort nicht, er befühlte die eine oder andere Plastikblume, entschied dann aber doch, dass dies kein Mitbringsel für Gisela war.

Als er am späten Nachmittag in die Büromöbelausstellung zurückkehrte, sah er schon von Weitem einen Mann in seinem Alter an dem Schreibtisch mit dem Puppenhaus sitzen. In einiger Entfernung setzte sich Ulrich auf einen Drehstuhl, von dem aus er den Mann unauffällig im Auge behalten konnte. Der Mann starrte auf den Zettel, der vor ihm lag. Plötzlich bückte er sich, griff mit beiden Händen nach dem Puppenhaus und stellte es auf den Schreibtisch. Er befühlte das Sofa, den Tisch und den kleinen Teppich. Den Miniaturplastiksessel nahm er in die Hand und betrachtete ihn von allen Seiten. Dann stellte er ihn auf den Schreibtisch, das Puppenhaus setzte er wieder unter den Schreibtisch zurück.

Der Mann holte einen Zettel und einen Bleistift aus der Hemdtasche und schien etwas zu zeichnen. Dann griff er nach einer Schere, die in einem kleinen Behälter auf dem Schreibtisch stand. Er schnitt an dem Zettel herum und schließlich hielt er eine kleine Papierfigur in der Hand. Prüfend betrachtete der Mann sein Werk. Er legte die Papierfigur auf den Tisch und zeichnete etwas auf ihr. Schließlich legte er die Figur, mit einem kleinen Knick in der Mitte, auf den Plastiksessel und stellte den Sessel hinten auf den Schreibtisch. Von dort aus konnte die Figur den ganzen Schreibtisch überblicken.

Eine Weile saß der Mann reglos mit hängenden Schultern da und blickte zu der Figur hin. Dann lehnte er sich zurück und verschränkte die Arme vor der Brust. Plötzlich griff er nach der Schere, nahm die Papierfigur in die Hand und schnitt ihr den Kopf ab. Rasch stand er auf und verließ die Büromöbelausstellung.

Ulrich blickte ihm erschrocken nach. Er ging zum Schreibtisch, legte die kopflose Figur mit dem kleinen Papierkopf auf dem Schoß auf den Plastiksessel zurück, holte aus dem Puppenhaus den grünen Miniaturdrachen und setzte ihn neben den Plastiksessel. Wenigstens sollte der Papiermann in dem Sessel nicht ganz alleine sein.

Ulrich blieb noch eine Weile in der Büromöbelausstellung. Bald setzten sich zwei Frauen an den Schreibtisch, über den ein kopfloser Papiermann und ein Miniaturdrache blickten, doch die Frauen beachteten dies nicht weiter. Sie prüften, ob sich die Höhe des Tisches verändern ließ, zogen die Schubladen auf, die sich unter der Schreibtischplatte befanden, betrachteten das Etikett und notierten sich etwas auf einem Zettel. Eine der Frauen blickte kurz zu der Papierfigur hin, sie stellte die Schere, die noch auf der Schreibtischplatte gelegen hatte, in ihr Behältnis zurück. Kurz darauf verließen die Frauen die Büromöbelausstellung wieder.

Noch einmal setzte sich Ulrich an den Schreibtisch. Er holte Zettel und Bleistift aus seiner Jackentasche, dachte eine Weile nach und schrieb dann: *Wovon werden Sie an diesem Schreibtisch träumen?* Er zog eine der Schubladen auf und legte den Zettel hinein. Wenig später verließ auch er die Büromöbelausstellung.

Bevor er sich wieder auf den Weg zum Restaurant machte, sah er sich noch einmal in seiner Möbelhauswohnung um. Die Schuhe standen noch unter dem Bett, auch sonst hatte sich nichts verändert. Ulrich setzte sich auf das Sofa in seinem Wohnzimmer. Im Möbelhaus war es um diese Zeit voll, zahlreiche Besucher kamen an Ulrichs Wohnung vorbei. Ein Pärchen durchquerte das Wohnzimmer und ging weiter ins Schlafzimmer, Ulrich hörte das Bett quietschen. Der Mann kam zurück, ging in den Küchenbereich und öffnete dort Schranktüren und Schubladen.

Ulrich merkte, dass ihn die Anwesenheit wildfremder Menschen in seiner Wohnung zu stören begann. Als auch die Frau aus dem Schlafzimmer wieder ins Wohnzimmer kam, blieb er breit auf dem Sofa sitzen und streckte die Beine aus. Der Mann und die Frau verließen die Wohnung wieder.

Auf keinen Fall durfte Gisela erfahren, dass er im Möbelhaus wohnte, überlegte Ulrich. Was sollte sie davon halten und wie stünde er dann vor ihr da? Wie könnte er ihr erklären, dass es für seine Beobachtungen unerlässlich war, hier auch zu wohnen?

Kurz darauf saß Ulrich im Restaurant am Fenster und blickte über den Parkplatz. Ging dort nicht gerade der ältere Mann mit Hut, den er schon einige Male beobachtet hatte? Der Mann trug nichts weiter als eine Stehlampe, er bog um eine Ecke und verschwand aus Ulrichs Blickfeld.

Wenig später trat Gisela mit einem voll beladenen Tablett an Ulrichs Tisch und setzte sich. Ulrich zerteilte gerade ein Salatblatt.

»Was für ein Tag«, stöhnte Gisela. »Doch wie schön, Sie wiederzusehen! Ich hatte schon befürchtet, Sie würden nicht kommen.«

Ulrich legte das Besteck beiseite. »Ich esse hier meistens zu Abend. Und außerdem … wir hatten doch eine Verabredung?«, fragte er vorsichtig.

Gisela lächelte. »Und was haben Sie so erlebt?«, fragte sie zwischen zwei Bissen ihrer Gemüsebällchen.

»Ach, wissen Sie, so dies und das.«

»Sie wollen wohl nicht über Ihre Beobachtungen sprechen?« Gisela tat erstaunt.

»Hm.« Ulrich schwieg eine Weile, dann fuhr er fort: »Wenn ich es recht bedenke, leben meine Beobachtungen nur für den

Moment, in dem sie sich ereignen. Wenn sie erzählt werden, sind sie schon nicht mehr das, was sich ereignet hat. Es besteht die Gefahr, dass sie sich in der Erzählung *verformen*, verstehen Sie? Sie sind dann nicht mehr das Original. Dadurch geschieht dem Beobachteten ein kleines Unrecht, weil es nicht mehr das sein darf, was es ursprünglich war und wie es gemeint sein wollte.«

»Aha? Das klingt sehr interessant, auch wenn ich nicht einmal die Hälfte davon verstanden habe.«

»Das macht nichts.« Ulrich war erleichtert, dass er seine stillen Beobachtungen hatte verteidigen können.

»Aber ich hoffe, es hat Sie nicht gelangweilt, was Sie an Zettelreaktionen gesehen haben?«, bohrte Gisela nach.

»Aber ganz und gar nicht«, bezeugte Ulrich. »Ich glaube, Ihre Botschaften sind geeignet, sich geradezu in die Adressaten hineinzubohren.«

»Sehr gut!«, rief Gisela, »so soll es sein.«

»Meinen Sie nicht, das könnte gefährlich sein?« Ulrich griff wieder nach seinem Besteck.

»Es *muss* ja gefährlich sein!«, bekräftigte Gisela. »Wie sollten meine Fragen sonst eine Wirkung haben? Sie sind nicht dazu gedacht, danach genauso bequem auf dem Sofa oder wo sonst immer sitzen zu bleiben. Jemand, auf den meine Fragen keine Wirkung mehr haben, der ist schon so gut wie tot.«

Mit der Gabel zerteilte Gisela ein Gemüsebällchen. Ulrich schwieg. Plötzlich fragte er sich, ob solche Fragen auch auf seine Eltern eine Wirkung gehabt hätten. Er stellte sich vor, wie sich der Vater an den Schreibtisch im Büro setzte und dort einen Zettel vorfand mit der Frage: *Wovon träumen Sie an diesem Schreibtisch?* Er sah, wie sein Vater den Zettel lange betrachtete, langsam den Kopf schüttelte, den Zettel umdrehte, um zu prüfen, ob er noch auf der Rückseite beschreibbar und damit weiterverwendbar wäre, den Zettel dann zusammenknüllte und in den Papierkorb warf.

»Ulrich?« Giselas Stimme ließ ihn aus seinen Gedanken aufschrecken. »Sie waren wohl gerade ganz woanders?«

»Nein, nein. Ich war nur etwas nachdenklich«, erwiderte Ulrich schnell.

»Werden Sie morgen wieder im Möbelhaus sein?«, fragte Gisela und legte Messer und Gabel auf ihren Teller.

Ulrich zögerte einen Moment. »Ja, ich glaube schon«, sagte er schließlich.

»Fein«, erwiderte Gisela, »dann werde ich auch da sein. Ich komme aber erst gegen Mittag, vorher habe ich noch zu tun.«

Obwohl er sich darauf freute, Gisela am nächsten Tag wiederzusehen, war Ulrich erleichtert, das Möbelhaus am Vormittag für sich zu haben. »Vielleicht gegen eins zum Mittagessen im Restaurant?«

»Das passt!« Gisela schien erfreut. »Doch jetzt muss ich leider los.« Sie nahm ihr Tablett und stand auf. »Bis morgen, Ulrich. Schlafen Sie gut und träumen Sie schön«, sagte sie lächelnd.

»Bis morgen«, brachte Ulrich nur heraus. Ihn hatte ein kleiner Schreck durchzuckt. Aber nein, Gisela konnte unmöglich wissen, wo er übernachtete. Da winkte sie ihm vom Ausgang her zu. Er winkte zurück.

Ulrich blieb noch eine Weile im Restaurant sitzen. An einem Tisch in der Nähe saßen ein Mann und eine Frau, Ulrich schätzte beide auf Anfang achtzig, doch sie wirkten sehr rüstig. Plötzlich griff der Mann nach dem Stoffbären, der auf dem Tisch saß. Er ließ den Bären zu der Frau hin winken. Die Frau lachte auf. Sie wollte nach dem Bären greifen, doch der Mann zog ihn blitzschnell zurück. Der Bär lugte nun über die Tischkante. Die Frau sah sich um und entdeckte auf einem der anderen Tische einen weiteren Stoffbären. Sie ging hin und holte den Stoffbären, den sie dann ebenfalls über die Tischkante blicken ließ. Jetzt winkten sich beide Bären zu. Der Mann und die Frau lächelten sich an, dann setzten sie beide Bären in die Mitte des Tisches und ließen sie sich umarmen. Ulrich war gerührt, welche Albernheiten sich diese beiden Alten noch erlaubten. Weit entfernt von jeglicher Erstarrung schienen sie fröhlich vor sich hin zu leben und keine Gelegenheit zu einem kindlichen Spaß auszulassen.

Als beide wenig später aufstanden und das Restaurant verließen, nahm auch Ulrich sein Tablett und brachte es zur Abräumstation. Er schlenderte noch eine Weile durch die sich leerende Möbelausstellung. Später zog er sich in einen anderen als den gewohnten Kleiderschrank zurück, der unscheinbar in einer Ecke stand. Dort lauschte er auf die Geräusche und wartete ab, bis es draußen ruhig geworden war.

Ulrich genoss die sich ausbreitende Stille. Er lehnte sich an die Schrankwand und stellte sich vor, wie draußen zahlreiche bunte Sprach- und Satzbänder langsam zu Boden sanken und liegen blieben. Wenn er aus dem Schrank treten würde, würde er leise raschelnd über das Papier laufen. Vielleicht würde er auch das eine oder andere Sprachband aufheben, um nachzuschauen, welche Sätze tagsüber gesprochen worden waren.

Als es an seiner Schranktür klopfte, zuckte Ulrich zusammen. Es klopfte noch einmal. Langsam schob Ulrich die Tür auf.

»Lässt du mich herein?«, fragte die Nachtwächterin.

Ulrich öffnete die Tür ganz, rückte zur Seite und legte eines der Kissen auf die freigewordene Fläche des Schrankbodens. »Es gibt nicht viel Platz«, sagte er entschuldigend.

»Nicht viel, aber ausreichend«, erwiderte die Nachtwächterin und setzte sich neben ihn, ihren Rucksack ließ sie draußen stehen. Die Möbelhalle lag im Halbdunkel, nur über dem Gang leuchteten hier und da die Deckenlampen.

»Ich habe Sie gar nicht kommen gehört«, sagte Ulrich.

»Du hattest mich fast wieder vergessen, nicht wahr?« Die Nachtwächterin blinzelte ihm zu.

»Aber nein«, beeilte sich Ulrich zu sagen. »Doch woher wussten Sie denn, in welchem Schrank ich sitze?«

»Ach, weißt du«, erklärte die Nachtwächterin, »ich habe so viel Erfahrung mit dem Verkriechen von Menschen … da weiß ich einfach, wo ich jemanden finde, wenn ich ihn finden will.«

»Sie machen Ihren Job schon lange?«

»Seit einer Ewigkeit«, erwiderte die Nachtwächterin lächelnd.

»Sind Sie allein?«

»Du fürchtest dich immer noch davor, entdeckt zu werden?«

Ulrich blickte beschämt zu Boden.

»Dabei bist du doch längst entdeckt worden«, fuhr die

Nachtwächterin fort. »Aber alle Achtung. Mit einem gelben Schirm im Restaurant zu sitzen, das war eine hübsche Idee. Auch Gisela hat das gefallen.«

Also doch. Natürlich mussten die beiden sich kennen. Vielleicht hatte Gisela es sogar der Nachtwächterin zu verdanken, dass sie trotz ihrer kuriosen Einfälle noch kein Hausverbot im Möbelhaus hatte.

»Sie kennen sie?« Ulrich wollte sichergehen.

»Gisela? Ja, sicher, ich kenne jeden hier«, sagte die Nachtwächterin.

»Hat Gisela über mich gesprochen?«, fragte Ulrich neugierig.

»Nein, sie redet nicht mit mir, sie hat auch noch nicht nach mir gesucht.«

»Ach nein?« Ulrich war erstaunt.

»Nein. Doch das mag irgendwann kommen. Was das betrifft, habe ich eine unendliche Geduld.«

»Hm.« Ulrich verstand nicht ganz, worauf die Nachtwächterin hinauswollte.

»Habe ich denn nach Ihnen gesucht?«, fragte er.

»Ja. Jeder hat seinen eigenen Weg, mich zu suchen und zu finden«, erwiderte sie.

»Und dabei dachte ich, Sie hätten mich gefunden«, sagte Ulrich und kratzte sich nachdenklich am Kopf.

»Ich hatte dich schon gefunden, bevor du nach mir gesucht hast«, erklärte die Nachtwächterin.

Ulrich war verwirrt, fühlte sich in Gegenwart der Nachtwächterin jedoch nach wie vor auf wundersame Weise geborgen.

»Du machst dir immer noch viele Gedanken, nicht wahr?«, fragte die Nachtwächterin und sah ihn freundlich an.

Ulrich blickte auf seine Schuhe. Er dachte daran, wie oft ihm seine Eltern einfielen und wie häufig er sich immer noch fragte, was sie zu diesem oder jenem sagen würden und ob es für sie richtig war, was er tat. Und dass er eigentlich überhaupt nicht wusste, wie er irgendwann außerhalb des Möbelhauses weiterleben sollte. Und wie sollte das mit Gisela weitergehen? Was war das überhaupt? Wahrscheinlich konnte man es momentan als Bekanntschaft betrachten, sinnierte Ulrich. Doch würde Gisela nicht irgendwann mehr von ihm erfahren wollen? Dann würde wieder alles kompliziert werden.

»Soso«, sagte die Nachtwächterin und riss Ulrich aus seinen Grübeleien. »Und wie machst du sie?«

»Wen?«

»Die Gedanken. Was nimmst du für Material für die Gedanken, die du dir machst?«

Ulrich blickte die Nachtwächterin erstaunt an.

»Baust du dir die Gedanken aus Luft?«, fragte die Nachtwächterin weiter.

»Hm. Nein, nicht aus Luft. Manchmal habe ich das Gefühl, meine Gedanken sind wie kleine Steine, die zu immer größeren Steinen werden.«

»Und wie sehen die Steine aus?«

Ulrich überlegte eine Weile. »Meistens sind sie dunkel«, sagte er dann. »Sie kleben irgendwann alle zusammen und ich kann nicht einmal mehr die einzelnen Steine erkennen.«

»Aha. Und da ganz außen am Rand?«

»Wo am Rand?«

»Am Rand dieser dunklen Masse. Ich sehe da etwas blinken«, sagte die Nachtwächterin.

Ulrich schloss die Augen, um sich besser zu konzentrieren. Tatsächlich sah er am Rande eines schwarzen Klumpens einen kleinen Stein leuchten.

»Sieh genau hin«, hörte er die Stimme der Nachtwächterin wie aus weiter Ferne. Je länger Ulrich den hellen Stein betrachtete, desto auffälliger und unterscheidbarer von der schwarzen Masse erschien er ihm. Langsam öffnete er die Augen wieder.

»Vergiss nicht, dass dieser einzelne Stein immer da ist«, sagte die Nachtwächterin. »Auch wenn du ihn manchmal nicht siehst.« Sie griff nach Ulrichs Hand und legte ihm einen hellen Stein hinein.

»Danke«, sagte Ulrich gerührt. Schweigend sah er aus dem Schrank über die Gänge der Möbelausstellung. Auch die Nachtwächterin schwieg und blickte hinaus.

»Bist du bereit?«, fragte sie plötzlich.

»Bereit wozu?«

»Ich will dir etwas zeigen. Du bist doch hier, weil es noch etwas zu erledigen gibt?«

»Ja«, sagte Ulrich. »Aber ehrlich gesagt … ich weiß nicht genau, was. Ich habe immer das Gefühl, dass in meinem Leben etwas fehlt, und dann die verrückte Idee, dass ich es nur hier finden kann. Dabei weiß ich ja nicht einmal genau, wonach ich suche!« Ulrich ließ die Schultern hängen.

»Könnte es sein, dass es etwas Unvollständiges und Unabgeschlossenes in deinem Leben gibt?«, fragte die Nachtwächterin.

»Ja, vielleicht«, sagte Ulrich. »Ich habe oft das Gefühl, dass dieses Unabgeschlossene mich an allem anderen hindert. Manchmal ist mir, als würde ich vor einer Wand stehen und die Tür nicht finden, die durch die Wand hindurchführt. Und wenn ich doch eine Tür finde, dann ist sie so fest verschlossen, dass sie sich unmöglich öffnen lässt. Während die anderen, die auf die Wand treffen, schnell eine Tür finden und hindurchgehen, stehe ich immer nur vor einer abgeschlossenen Tür.«

»Und dir fehlt der Schlüssel für diese Tür?«

»Ja, genau. Ich glaube, nach diesem Schlüssel suche ich. Doch ich weiß nicht, wie er aussieht. Und es ist ja völlig albern, danach in einem Möbelhaus zu suchen.«

»Jeder hat einen besonderen Ort, an dem er auf die Suche geht«, sagte die Nachtwächterin.

Ulrich blickte auf den Stein, den er noch immer in der Hand hielt. Er hatte eine helle Maserung und lag angenehm in seiner Hand. Ulrich umschloss den Stein mit der Hand, dann steckte er ihn in die Hosentasche. Die Nachtwächterin stand auf und trat vor den Schrank. Auch Ulrich erhob sich.

»Geh wieder in deine Wohnung und leg dich ins Bett«, sagte die Nachtwächterin.

»Ich dachte, Sie wollten mir etwas zeigen?«

»Das werde ich auch. Aber jetzt bist du müde und solltest schlafen.« Die Nachtwächterin schlug den Weg zu Ulrichs Wohnung ein, Ulrich folgte ihr. Sie liefen mitten auf dem Gang, Ulrich blickte sich hin und wieder um, doch niemand sonst schien im Möbelhaus zu sein.

»Es könnte hier Bewegungsmelder geben«, flüsterte Ulrich.

»Sicher gibt es die«, sagte die Nachtwächterin nur. Sie bewegte sich jedoch so sicher und selbstverständlich durch das Möbelhaus, dass Ulrich annahm, als Nachtwächterin müsse sie mit den Alarmeinrichtungen bestens vertraut sein.

Wenig später waren sie bei Ulrichs Wohnung angekommen.

»Schlaf gut. Ich hoffe, wir sehen uns bald wieder.«

»Ja, das würde mich sehr freuen«, sagte Ulrich, der sich nicht einmal mehr wunderte, dass die Nachtwächterin seine Wohnung kannte.

Als Ulrich sich auf das Bett setzte und die Schuhe auszog, war die Nachtwächterin bereits wieder in der Möbelausstellung verschwunden. Beruhigt stellte Ulrich fest, dass sein zweites Paar Schuhe immer noch unter dem Bett stand. Er schob den Rucksack unter das Bett, stellte den Wecker, zog die Hose aus und legte sich unter die Bettdecke. Mit einem Mal war er sicher, dass ihn in dieser Nacht niemand entdecken würde. Kaum hatte er sich auf die Seite gedreht, war er auch schon eingeschlafen. Hätte es ein Oberlicht direkt über seiner Wohnung gegeben, hätte Ulrich zuvor beobachten können, wie sich die Wolken am Himmel zusammenschoben, bis der Himmel schließlich von einer dichten grauen Wand bedeckt war. In der Ferne grummelte es leise.

Ulrich träumte, dass er durch die große Selbstbedienungshalle ging. Rechts und links ragten die Regale in die Höhe, hier und da sah er andere Menschen wie Schemen durch die Halle laufen. Ulrich hatte das Gefühl, sich in großer Gefahr zu befinden. Ängstlich blickte er nach oben in einen klaren Himmel, dann spähte er rasch links und rechts zwischen die Möbelpakete. Beständig hatte er das Gefühl, irgendwo Schutz suchen zu müssen.

Als er wieder nach oben blickte, entdeckte er in weiter Ferne eine Flugzeugformation, die den sonnigen Himmel querte. Sie näherte sich brummend, Ulrich sah sich hektisch um, auch die anderen in der Möbelhalle beschleunigten ihre Schritte, dann liefen sie schnell in alle Richtungen davon. Ulrich sah, wie sich kleine schwarze Punkte von den Flugzeugen lösten. Er zog den Kopf ein und kroch eilig zwischen zwei Paketstapel, er presste seinen Körper gegen einen der Stapel, die Pakete wirkten so wuchtig und schwer, dass Ulrich die irre Hoffnung durchfuhr, dass sie ihn schützen könnten. Als er es laut krachen hörte, fuhr er zusammen, in seinem Versteck konnte er jedoch nichts erkennen von dem, was draußen vorgehen musste. Er kauerte sich noch tiefer und wäre am liebsten in den Boden gekrochen, tief in die Erde, wo ihn niemand finden würde und nichts ihn verletzen könnte. Er merkte, dass er vor Angst still weinte, Tränen liefen ihm über die Wangen, aber er konnte seine Stimme nicht hören. Es krachte noch einmal und lauter als zuvor, Ulrich riss die Hände vor das Gesicht, dann hatte er das Gefühl, dass eine warme Welle auf ihn zukam.

Ulrich klammerte sich mit beiden Händen an die Bettdecke, etwas prasselte laut auf das Dach. Langsam öffnete er die Augen, blinzelte in die Dunkelheit und wunderte sich einen Moment lang, dass er nicht nach den Möbelpaketen tasten konnte. Wieder krachte es so laut, dass sich Ulrich schnell die Bettdeckte über den Kopf zog. Das Prasseln war stärker geworden, draußen musste ein heftiger Gewittersturm toben. Immer schon hatte Ulrich sich bei Gewitter gefürchtet, in seiner Wohnung hatte er nachts einmal angezogen im Flur gesessen, aus Angst, das Haus könne vom Blitz getroffen werden und in Brand geraten und er müsse dann schnell hinaus.

Jetzt konnte Ulrich die Blitze nicht sehen, was seine Angst vor dem nächsten Donnerschlag noch steigerte. Unter der Decke bekam er kaum Luft und krümmte sich im Bett zusammen. Ulrich versuchte sich mit dem Gedanken zu beruhigen, dass das Möbelhaus sicherlich einen Blitzableiter hatte, doch schon beim nächsten Donnerschlag zuckte er wieder zusammen und stopfte sich die Finger in die Ohren. So lag er in der folgenden halben Stunde da und bewegte sich kaum.

Als er es schließlich wagte, die Finger aus den Ohren zu nehmen, stellte er fest, dass das Prasseln auf dem Dach abgenommen hatte. Er hörte es leise donnern, das Gewitter schien sich entfernt zu haben. Ulrich zog sich die Decke vom Kopf. Er atmete leise und lauschte in die Dunkelheit. Schließlich verstummte das Prasseln auf dem Dach, und nur noch in großen Abständen hörte Ulrich es weit entfernt grummeln. Er setzte sich im Bett auf und sah auf den Wecker, es war erst halb drei.

Was er längst vergessen geglaubt hatte, daran erinnerte er sich nun wieder: Auch als Kind und Jugendlicher hatte er gelegentlich geträumt, er liefe durch Straßen und hielte links und rechts nach Kellereingängen oder anderen Möglichkeiten Ausschau, um sich vor den Bomben, die gleich fallen würden, in

Sicherheit zu bringen. Doch im Traum hatte er nie den richtigen Ort gefunden, denn ebenso wenig wollte er in einem tiefen Keller sitzen, wenn das Haus darüber durch einen Treffer zusammenfallen würde. So war er stets mit dem Gefühl aufgewacht, keinen sicheren Ort finden zu können. Manchmal hatte er noch auf dem Schulweg an der Hand seiner Mutter, der er von seinen Träumen nichts erzählen konnte, nach Kellereingängen geschaut und das Haus darüber auf seine Standfestigkeit hin abzuschätzen versucht.

Ulrich blickte sich in seiner Möbelhauswohnung um. Alles hatte seinen Platz. Alles schien so wohlgeordnet, dass es unvorstellbar war, es könnte durch ein plötzliches Ereignis völlig durcheinander geraten oder gar zerstört werden. An der Wand hing ein voluminöses Sitzkissen, das man auf den Boden legen konnte, um es sich gemütlich zu machen. Niemand würde auf die Idee kommen, sich darunter zu verkriechen, um sich vor einer drohenden Gefahr zu schützen. Über sich sah Ulrich die Hallendecke und das Wellblechdach. Er versuchte, sich das Dröhnen von Flugzeugmotoren vorzustellen. Ihm fiel wieder ein, wie der Vater bei einem Ausflug in die Stadt einmal stocksteif stehen geblieben war, als die Sirenen mitten am Tag einen Probealarm geheult hatten. Auf einen gleichbleibenden Dauerton war ein auf- und abschwellendes Heulen gefolgt und dann wieder der Dauerton; nur mit ganz langsamen Schritten hatte der Vater schließlich weitergehen können.

Aus dem Augenwinkel hatte Ulrich beobachtet, wie der Vater hin und wieder einen schnellen Blick in den Himmel warf, und es hatte ihn seltsam berührt zu sehen, wie die Mutter nach der Hand des Vaters gegriffen und sie kurz gedrückt hatte. Nie hätte es Ulrich, der damals gerade eingeschult worden war, gewagt, den Vater auf sein seltsames Verhalten anzusprechen.

Von seiner Grundschullehrerin, die er sehr verehrt hatte, hatte er später gelernt, dass die Männer, die man damals noch auf der Straße mit hochgeschlagenem Jackenärmel oder Hosenbein und an Krücken beobachten konnte, im Krieg gewesen waren und dort ihre Gliedmaßen verloren hatten. Einmal hatte die Lehrerin aus heiterem Himmel erzählt, wie sie als junge Hilfskraft in einem Lazarett habe mitansehen müssen, wie den Soldaten die verletzten Beine und Arme abgeschnitten worden seien. Danach hatte die Lehrerin sofort wieder das Thema gewechselt.

Das Thema Krieg war Ulrich fortan wie ein undurchdringliches Dickicht voller Geheimnisse erschienen, die die Erwachsenen miteinander teilten und die sie nur bruchstückhaft plötzlich und unvermittelt preisgaben.

Je mehr Ulrich in die friedliche Stille des Möbelhauses hineinlauschte, desto weiter schien ihm dieser Ort von einem so chaotischen Ereignis wie dem eines Krieges entfernt. Mit seiner wohltuenden Ordnung und Organisiertheit wirkte das Möbelhaus auf Ulrich einmal mehr wie ein Ort, der Sicherheit bot. Ein Stück dieser Ordnung und Sicherheit konnte sich jeder in Form eines Regales oder Kleiderschranks kaufen und mit nach Hause nehmen, damit sich auch dort das wohlige Gefühl der Sicherheit und fröhlichen Lebensbewältigung ausbreiten konnte. Aber konnten solche Käufe wirklich gegen eine tief sitzende Angst helfen, die alles lähmte und keine mutigen Schritte mehr zuließ? Hatten die Eltern etwa schon bei ihrem ersten und letzten Besuch im Möbelhaus durchschaut, dass es die Sicherheit gar nicht geben konnte, die das Möbelhaus ihnen vorgaukelte?

Nachdenklich blickte Ulrich in die Möbelhalle. Wieder beruhigte ihn der Anblick der still dastehenden Sofas und Sessel, auf denen hier und da Kissen lagen und die jeden zum Ausruhen vom Leben einzuladen schienen. Ulrich fiel ein, wie der Vater und die Mutter früher an den Abenden und am Wochenende stundenlang still nebeneinander auf dem Sofa gesessen hatten. Tatsächlich hatten sie Ulrich den Sessel überlassen, wenn sie am Samstagabend gemeinsam eine Fernsehshow gesehen hatten. Als Kind hätte Ulrich oft lieber zwischen den Eltern auf dem Sofa gesessen, doch das hatte die Mutter stets mit den Worten abgewehrt, dass er doch längst alt genug sei, um auf seinem eigenen Sessel zu sitzen.

Gelegentlich hatten der Vater oder die Mutter nach der Hand des jeweils anderen gegriffen, wie um zu prüfen, ob er auch noch da war. Mit einem Mal hatte Ulrich das Gefühl, wieder wie damals weit entfernt von den Eltern sitzen zu müssen und in ihre kleinen Lebensvergewisserungen nicht eingeweiht zu werden. Um der Traurigkeit Herr zu werden, die sich seiner zu bemächtigen drohte, holte Ulrich Zettel und Bleistift aus der Tasche seiner Hose, die am Fußende des Bettes lag.

Mit festem Druck des Bleistiftes schrieb er: *Wer darf neben Ihnen auf dem Sofa sitzen – und wer nicht?*

Daraufhin stand er auf, zog seine Hose an, ging aus der Wohnung in die Möbelhalle und steckte den Zettel in die Ritze eines Sofas. Er setzte sich in die Mitte des Sofas und saß eine Weile still da. Ab und zu fühlte er nach dem Zettel. Plötzlich meinte er, ein Geräusch zu hören, eilte zurück in seine Wohnung und verbarg sich hinter dem Bett. Von dort aus konnte Ulrich einen auf und ab hüpfenden Lichtkegel sehen, der sich langsam näherte.

Gerade wollte er aus seiner Wohnung treten, er mutmaßte, dass es die Nachtwächterin sein müsse, die ihn besuchen wollte. Da entfernte sich der Lichtkegel wieder, nachdem er hier und da zwischen die Sofas geleuchtet hatte. Beunruhigt setzte sich Ulrich auf das Bett. Er wagte es nicht mehr, sich hinzulegen; die nächsten anderthalb Stunden döste er aufrecht im Bett sitzend vor sich hin, zwischendurch nickte er kurz ein und schreckte sogleich wieder hoch. Um kurz vor fünf zog er sich die Schuhe an und machte sich auf den Weg zu einem Kleiderschrank. Dort verbarg er sich, bis das Möbelhaus öffnete.

# 6.

Am darauffolgenden Tag kehrte Ulrich noch einmal in seine alte Wohnung zurück. Im Möbelhaus hatte er kurz gefrühstückt, die Nachtwächterin war nicht aufgetaucht, nur den älteren Mann mit dem Hut hatte er am Fenster sitzen sehen.

In seiner alten Wohnung duschte Ulrich lange, saß dann am Küchentisch und hielt einen Brief des Arbeitsamtes in der Hand, bevor er ihn ungeöffnet in den Müll warf. Immer stärker hatte Ulrich das Gefühl, dass ihn sein altes Leben nichts mehr anging. Er blickte sich in der Küche um, ging ins Wohn- und Schlafzimmer und nahm auch dieses genauer in Augenschein. Tatsächlich stammten nur wenige seiner Möbel aus dem Möbelhaus. Der Sessel, den er beim Einzug gekauft hatte, war ihm praktisch und licht erschienen, ganz anders als die Polstermöbel seiner Eltern, die wuchtig und schwer im Wohnzimmer gestanden hatten. Der helle Sessel hingegen wirkte auf ihn so, als müsse dessen Besitzer überzeugt sein von der Leichtigkeit des Daseins, seiner immerwährenden Gestaltbarkeit und Veränderbarkeit.

Hatte nicht auch er mit dem neuen Sessel die Hoffnung verbunden, etwas von der Leichtigkeit dieses Möbelstücks in sein Leben zu holen? Stumm stand der Sessel im Zimmer. Ulrich fuhr mit den Fingern über die hölzernen Armlehnen, Staub wirbelte auf.

Als er zurück in die Küche ging, sah er aus dem Fenster das Schild des Möbelhauses. Seine alte Wohnung ging ihn endgültig nichts mehr an, sie erschien ihm wie ein altes Leben, das er endlich loswerden musste. Er zog noch einmal diese und jene Schublade auf, wie um sich zu vergewissern, dass alles seine Ordnung hatte, wenn er die Wohnung verließ. In der obersten Schublade der Küchenkommode lag ein großer Kerzenvorrat, der noch von seiner Mutter stammte, in der Schublade darunter zahlreiche Packungen mit Papierservietten, die er alleine kaum würde verbrauchen können, in der untersten Schublade staute sich ein buntes Kaffeeservice, das seine Mutter einmal überraschend gekauft, dann aber nie benutzt hatte. Bevor Ulrich die Wohnung wieder verließ, steckte er zwei alte Exemplare aus seiner Sammlung von Möbelhauskatalogen in seinen Rucksack. Dann schloss er leise die Tür hinter sich.

Zurück im Möbelhaus tauchte Ulrich erleichtert und wie befreit in den Strom der Besucher ein. Er ließ sich durch die Möbelausstellung treiben, sah kurz in seiner neuen Wohnung nach dem Rechten, verscheuchte dabei ein älteres Paar aus seinem Wohnzimmer, alberte in der Kinderabteilung mit einem großen Stoffhai herum und setzte ihm schließlich drei kleine Stoffbären hinter die Rückenflosse, dann ging er ins Restaurant. Wenn Gisela pünktlich wäre, müsste sie bald auftauchen.

Das Restaurant war bereits gut gefüllt. Ulrich hatte Glück, noch einen Tisch am Fenster zu erwischen. Er kaute auf einem Fleischbällchen und sah hinaus. Über den Parkplatz ging ein Mann mit einem vollbeladenen Wagen, den er schließlich vor einem kleinen Auto abstellte. Tatsächlich schaffte der Mann es, alle Möbelpakete im Auto zu verstauen; die langen Pakete ließ er aus dem Kofferraum herausragen. Aus einem Seitenfenster des kleinen Wagens lugte ein Stoffschwein, als er den Parkplatz verließ.

Das ältere Paar, das Ulrich eben aus seinem Wohnzimmer vertrieben hatte, ging Richtung Bushaltestelle, sie hatten lediglich ein Regalbrett gekauft, das der Mann unter dem Arm trug. Der Himmel überstrahlte alles in einem satten Blau, nach dem Gewittersturm in der Nacht hatte sich das Wetter wieder beruhigt.

Ulrich blickte sich im Restaurant um. Es war bereits viertel nach eins, doch Gisela war noch nicht aufgetaucht. Ulrich spießte mit der Gabel das letzte Fleischbällchen auf. An einem Tisch in der Nähe saß ein junges Paar mit einem kleinen Kind. Das Kind hing schlaff im Kinderstuhl, es schien fest eingeschlafen zu sein, während sich der Mann und die Frau über einen Katalog beugten. Den älteren Mann mit Hut konnte Ulrich nirgends entdecken.

Ulrich ging noch einmal zur Essensausgabe und kam mit drei kleinen Dessertgläschen zurück. Er löffelte den grünen Wackelpudding und blickte hin und wieder zum Eingang des Restaurants. Auch als er nach dem Obstsalat noch die Schokoladenmousse aß, war Gisela nirgends zu entdecken. Hatte sie nicht gesagt, dass ein Uhr ihr gut passe? Vielleicht hatte sie noch nicht alle Zettel im Möbelhaus verteilt oder saß irgendwo auf einem Sofa und rätselte über der nächsten Frage. Oder sie hatte sich plötzlich gefragt, was sie mit jemandem wie ihm anfangen sollte. Womöglich vermutete sie längst, dass mit ihm irgendetwas nicht stimmte, dass er auf eine Weise komisch und lächerlich war, die sie nicht lange würde ertragen können. Hatte sie bei ihren Zettelverteilungen gar seine Spuren im Möbelhaus entdeckt?

Ulrich holte sich einen Kaffee, den er in langsamen Schlucken trank. Neben ihm standen der Mann und die Frau auf, die Frau nahm das schlafende Kind auf den Arm, gemeinsam verließen sie das Restaurant. Plötzlich fiel Ulrich auf, dass die Stofftiere auf den Tischen fehlten. Jemand musste sie zwischenzeitlich weggeräumt haben.

Er fühlte sich verloren und einsam. Auf dem Parkplatz liefen die Menschen zielstrebig zu ihren Wagen, im Restaurant schwebte ein Teppich aus Satzfetzen in der Luft, von dem kein einzelnes Wort zu verstehen war, Besucher verließen das Restaurant, andere kamen und hielten nach einem freien Tisch Ausschau. Was gingen ihn diese Menschen überhaupt an? Niemand interessierte sich für ihn, warum sollte er sich für die anderen interessieren? Seine vergangene Lust am Beobachten erschien ihm plötzlich lächerlich. Wie hatte er Gisela davon überhaupt erzählen können!

Zum ersten Mal fühlte Ulrich sich im Möbelhaus wie ein Fremder unter Fremden. Was hatten alle diese Menschen miteinander zu schaffen, außer dass sie am selben Ort ihre Möbel kauften, im Restaurant an getrennten Tischen billige Fleischbällchen in sich hineinstopften, um dann wieder in verschiedene Richtungen davon zu fahren? Wenn er auf der Stelle tot umfiele, würde dies womöglich nicht einmal irgendjemand bemerken. Stumm blickte Ulrich aus dem Fenster.

Um kurz nach zwei stand er auf und verließ das Restaurant wieder. Den Nachmittag verbrachte er in der Sofaabteilung. Hin und wieder wechselte er von einem Sofa auf ein anderes. Er blätterte durch die alten Möbelhauskataloge, sah den Strom der Besucher an sich vorbeiziehen und saß schließlich einfach nur still da. Vielleicht würde dies seine letzte Nacht im Möbelhaus sein. Am nächsten Tag könnte er seine Sachen unauffällig zusammenpacken, das Möbelhaus verlassen, zurück in seine Wohnung fahren, das Arbeitsamt anrufen und mitteilen, dass er alles machen würde, was man von ihm verlangte. So war er schließlich auch bisher durchs Leben gekommen.

Und wenn Gisela am nächsten Tag käme? Oder am übernächsten? Ulrich pustete in die Luft und stellte sich vor, wie er den Wort- und Satzbändern eine andere Richtung gab. Doch wahrscheinlich kam Gisela gar nicht mehr, sie musste längst Wichtigeres zu tun haben, als ihre Zeit im Möbelhaus zu vertrödeln.

Der Nachmittag erschien Ulrich endlos, zwischendurch überlegte er, ein paar Zettel mit Fragen zu beschriften, doch ihm fiel keine einzige ein.

Am Abend saß er lange im Restaurant, aß jedoch nicht viel. Ab und zu blickte er zum Eingang und dann wieder nach draußen. Langsam leerte sich der Parkplatz, die Besucher fuhren nach Hause, um ihre neuen Möbel aufzustellen und sich damit neu in ihrem alten Leben einzurichten.

Gerade wollte Ulrich das Restaurant verlassen, da erschien der ältere Mann mit dem Hut. Er setzte sich an einen kleinen Tisch in der Mitte des Restaurants, hängte seine Jacke über die Stuhllehne, hielt einen Moment inne und nahm dann auch den Hut ab. Er aß sehr langsam, zwischendurch blickte er im Restaurant umher, dann nahm er wieder einen Bissen, und einmal schloss er beim Kauen sogar die Augen, als koste er etwas Besonderes.

Als er seine Mahlzeit beendet hatte, blieb er noch eine Weile sitzen. Ulrich spürte, wie ihn der Anblick des Mannes tröstete. Er sah ihm hinterher, als er das Restaurant verließ, dann stand auch er auf. Als das Möbelhaus schloss, saß Ulrich bereits im Kleiderschrank.

Er musste eingeschlafen sein. Als er aufwachte, glaubte er, eine Stimme gehört zu haben. Hatte nicht jemand leise »*Komm*« gerufen? Und dann noch einmal »*Komm, Ulrich*«?

Lautlos schob er die Tür einen Spalt weit zur Seite. In der Möbelhalle war es dunkel, auch über dem Gang brannte kein Licht. Erst als sich seine Augen an die Dunkelheit gewöhnt hatten, konnte Ulrich die Umrisse der in der Nähe stehenden

Kleiderschränke erkennen. Er lauschte in die Dunkelheit. Wieder meinte er, ein sanftes Säuseln zu hören, wie aus weiter Ferne drang es an sein Ohr. Und dann hörte er wieder die Stimme, die »*Komm*« rief. »*Komm, Ulrich!*«

Ulrich nahm die Taschenlampe aus dem Rucksack, schob die Tür ganz zur Seite, stand auf und verließ den Schrank. Er leuchtete über die Möbel, die stumm in der Nacht standen, und dann über den Gang. Niemand war zu sehen. Ulrich machte sich auf den Weg in die Richtung, aus der er die Stimme gehört hatte. Er durchquerte die Schlafzimmerabteilung, lief durch die Büromöbelausstellung und die Kinderabteilung und ging die Treppe in die Markthalle hinab. Auch hier traf er niemanden. Mit der Taschenlampe leuchtete er an Tellern und Töpfen, an Teppichen und Kissen entlang und ging weiter zur Selbstbedienungshalle. Am Eingang blieb er stehen. Links türmten sich die weißen Plastiksessel, rechts lagen Regalbretter und Seitenteile in großen Mengen in den Fächern der Hochregale. Die oberen Regalreihen verloren sich in der Dunkelheit.

Langsam ging Ulrich in die Halle hinein. Mit der Hand strich er über einen Stapel Regalbretter und leuchtete zwischen die Möbelpakete, doch auch dort verbarg sich nichts. Wieder meinte er, das leise Säuseln zu hören. In der Mitte des breiten Ganges waren Gartenmöbel aufgebaut, ein heller Baldachin überspannte die Fläche. Als Ulrich mit der Taschenlampe dorthin leuchtete, sah er, dass unter dem Baldachin auch ein schmales Bett stand. Er zuckte zurück, als er entdeckte, dass in dem Bett jemand lag. Er näherte sich dem Bett, darum bemüht, möglichst leise zu sein, da er den dort Schlafenden keinesfalls wecken wollte. Vor dem Bett blieb er stehen und streifte das Gesicht des Schlafenden mit der Taschenlampe.

Ulrich erstarrte. Der Mann, der da lag, ähnelte ihm auf unheimliche Weise. Nein, er erkannte sich selbst dort liegen. Und jetzt begriff er auch: Er schlief nicht. Seine Nase zeichnete sich spitz im fahlen Gesicht ab, der Mund war halb geöffnet, die Augen geschlossen. Er war tot.

Ulrich wich ein paar Schritte zurück, er wagte kaum zu atmen. Er war so verwirrt, dass er für einen Moment nicht mehr wusste, wo er sich befand. Fahrig schlug er die Hände vor der Brust zusammen, dabei wäre ihm beinahe die Taschenlampe zu Boden gefallen. Verstört atmete er ein und aus. Nur ein und aus, dachte er, nur langsam ein- und ausatmen. Er schaute nach oben zur Decke der Halle, doch auch da, wo sich das Oberlicht befinden musste, blieb es dunkel.

Langsam ging Ulrich zum Eingang der Selbstbedienungshalle zurück, er lief rückwärts, er traute sich nicht, dem Bett den Rücken zuzuwenden. Dann durchquerte er die Markthalle, am liebsten wäre er jetzt gerannt, doch er fürchtete, in der Dunkelheit zu stolpern. Schließlich setzte er sich auf die Treppe, die zur Möbelausstellung hinaufführte. Er ließ die Taschenlampe verlöschen, sodass ihn die Dunkelheit ganz einhüllte. Dann lehnte er sich an das Treppengeländer, er hatte das Gefühl, nicht einmal mehr die Kraft zu haben, aufrecht zu sitzen. Konnte er sich in dem, was er eben gesehen hatte, getäuscht haben? War es ein anderer gewesen, der dort gelegen hatte?

Nein, musste Ulrich sich eingestehen, er hatte sich eindeutig erkannt. Schon als er an das Bett getreten war, hatte ihn eine

Ahnung dessen überfallen, was er dort erblicken würde. Ulrich starrte in die Dunkelheit. Im Möbelhaus war es vollkommen still. Die Treppe, auf der er saß, benutzten tagsüber hunderte und tausende Menschen, sie hielten sich eine Zeitlang in der Markthalle auf, gingen weiter durch die Selbstbedienungshalle, passierten die Kassen und fuhren wieder nach Hause. Irgendwann würden auch sie alle sterben, ging es Ulrich durch den Kopf. Links von der Treppe wähnte er die künstlichen Blumen und Topfpflanzen. Sie hatten noch nicht einmal gelebt, sie gaben vor, Blumen und Pflanzen zu sein, und waren doch nichts als eine Illusion. Und war nicht auch das Leben an sich eine völlige Illusion? Am Ende war es womöglich vollkommen sinnlos, mit welchen Fragen er sich quälte und welche Antworten er suchte. Er würde irgendwann sterben, und was würde dann bleiben? Wer wüsste in hundert Jahren noch, dass er überhaupt gelebt hatte?

Ulrich schloss die Augen. Er sah seinen Vater tot im Bett liegen. Als Einziger war er nun übrig geblieben. Ulrich merkte, wie sich eine dumpfe Schwärze in ihm ausbreitete, ihm die Brust füllte und die Kehle hochstieg. In seinem ganzen Leben hatte er sich noch nie so einsam gefühlt wie in diesem Moment. Er hatte das Gefühl, langsam von der Dunkelheit aufgesogen zu werden und fast gab er sich dieser Empfindung mit einer stillen Erleichterung hin. Er legte den Kopf auf die Knie. Nur nie mehr aufstehen müssen. Vielleicht könnte er sich an diesem Ort, auf dieser Treppe, einfach verschlucken lassen und verschwinden. Irgendwann dachte Ulrich an gar nichts mehr.

Lange musste er so still und unbewegt dagesessen haben, sein Rücken tat ihm weh und seine Beine waren steif geworden. Doch hatte er eben nicht wieder diese leise Stimme gehört? Hatte nicht wieder jemand »*Komm!*« gerufen? Und dann, noch einmal: »*Komm, Ulrich!*«?

Ulrich öffnete die Augen. Es war so dunkel wie zuvor. Er schaltete die Taschenlampe wieder ein und fuhr mit dem Lichtkegel an den Plastiksesseln am Eingang der Selbstbedienungshalle entlang. Dann stand er auf. Vorsichtig einen Schritt vor den anderen setzend ging Ulrich in die Halle zurück und an den Hochregalen entlang, bis er es schließlich wagte, den Lichtkegel in die Mitte des Ganges zu richten. Abrupt blieb er stehen.

Jemand saß neben dem Bett. Jemand saß dort auf einem der hellen Plastikstühle und blickte still auf den Toten. Sofort ließ Ulrich das Licht der Taschenlampe verlöschen und drückte sich an ein Möbelpaket. Ein diffuses Licht drang von oben in die Halle. Als Ulrich aufblickte, sah er durch eines der Oberlichter einen hellen Sternenhimmel. Im Schutz der Dunkelheit schlich er näher an das Bett heran. Er erkannte jetzt, dass dort die Nachtwächterin saß. Still kauerte Ulrich sich auf den Boden. Die Nachtwächterin saß ruhig neben dem Bett und es sah nicht so aus, als würde sie irgendwann weggehen und ihn alleine lassen.

Ulrich merkte, wie alle Schwere von ihm wich, wie sich die Schwärze in seinem Inneren auflöste und sich seine Brust weitete. Er war so voller Dankbarkeit, dass er am liebsten zur Nachtwächterin hingelaufen wäre. Doch gleichzeitig spürte er, dass das, was er sah, ihn nicht als Handelnden brauchte, sondern als stillen Beobachter.

Irgendwann stand er wieder auf, drehte dem Bett den Rücken zu und ging in Richtung Markthalle zurück. Er stieg die Treppe hinauf, mit der Hand packte er das Treppengeländer, es fühlte sich fest und verlässlich an. Auf dem Treppenabsatz blieb Ulrich stehen. Wieder hatte jemand »*Komm!*« gerufen. Oder hatte er sich verhört? Ulrich lauschte. Vielleicht hatte die Nachtwächterin ihn gerufen? Auf dem Treppenabsatz kehrte er um, lief wieder hinunter, der Lichtkegel der Taschenlampe tanzte vor ihm auf dem Boden, und wenige Momente später stand er dort, wo er eben noch auf dem Boden gekauert hatte.

Das Bett war leer. Auch die Nachtwächterin war verschwunden. Nur der Plastikstuhl stand noch neben dem Bett. Ulrich trat näher. Dort musste jemand gelegen haben, die Decke war zurückgeschlagen, das Kopfkissen eingedellt, das Laken verrutscht. War er nicht mehr hier? War die Nachtwächterin mit ihm fortgegangen? Wie viele Fragen Ulrich in jenem Moment auch durch den Kopf schossen, die er sich nicht beantworten konnte, spürte er doch tief in seinem Inneren, dass alles, was er sah, einen Sinn ergab. Was auch immer passiert war, die Nachtwächterin war auch im Tod nicht von seiner Seite gewichen. Ulrich fühlte sich aufgehoben. Lange blickte er auf das leere Bett.

# 7.

Am Morgen hellte sich der Himmel über dem Oberlicht langsam auf. Aus seinem Versteck heraus beobachtete Ulrich einige Mitarbeiter des Möbelhauses, die in der Selbstbedienungshalle zusammenstanden, miteinander sprachen und dann in verschiedene Richtungen davongingen.

Als er einige Zeit später die ersten Besucher sah, die ihre Wagen durch die Halle schoben und nach den richtigen Regal- und Fachnummern Ausschau hielten, kroch Ulrich in einem unbeobachteten Moment aus seinem Schlupfwinkel zwischen den Paketstapeln. Auf dem Bett in der Mitte des Ganges turnten gerade zwei Kinder. Wie beiläufig legte Ulrich die Kissen und Decken aus seinem Nachtlager auf die Gartensessel neben dem Bett zurück, als habe er sich plötzlich entschieden, sie doch nicht zu kaufen. Eines der Kinder blickte kurz zu ihm hin und hüpfte dann weiter auf dem Bett herum.

Ulrich mischte sich zwischen die Besucher, er schritt die Regalreihen ab, kehrte kurz vor dem Kassenbereich wieder um und ging durch die Selbstbedienungshalle in Richtung Markthalle zurück. Als er an den Gartenmöbeln in der Mitte des Ganges vorbeikam, war gerade ein Mitarbeiter damit beschäftigt,

Decke und Kissen des Bettes wieder ordentlich herzurichten. Ulrich lief durch die Markthalle, in der ihm schon zahlreiche Besucher entgegenströmten, die nach neuen Töpfen und Teppichen, Servietten und Kerzen Ausschau hielten, er stieg die Treppe zur Möbelausstellung hoch, durchquerte auch diese entgegen dem Besucherstrom, setzte sich in seiner Wohnung kurz auf das Sofa und ging schließlich ins Restaurant, um zu frühstücken.

In der Mitte des Restaurants sitzend blickte Ulrich zwischen den übrigen Besuchern umher, während er sich das erste Brötchen schmierte. An einem Tisch in der Nähe saß eine Frau, die mit einem Möbelhausbleistift etwas auf einem Zettel notierte. Vor ihr lagen zwei Stapel mit weiteren Zetteln; wenn sie einen Zettel vollgeschrieben hatte, legte sie ihn auf den rechten Stapel und nahm einen neuen Zettel vom linken Stapel. Nur hin und wieder nippte sie an einem Becher Kaffee und blickte dann kurz im Restaurant umher.

An einem anderen Tisch saß eine Gruppe Männer, die ihre Frühstückstabletts am Rand des Tisches gestapelt hatten und Karten spielten. Plötzlich haute einer der Männer mit der Faust triumphierend auf den Tisch, offenbar hatte er gewonnen. Die Männer standen auf und verließen das Restaurant in Richtung Möbelausstellung.

Ulrich verspeiste ein Brötchen mit Lachs. Er hatte nicht erwartet, dass Gisela schon zum Frühstück kommen würde, doch seit dem Morgen war er sicher, sie wieder zu treffen. Als er sein Frühstück beendet hatte, stand er auf und verließ das Restaurant. Aus der Kinderabteilung nahm er eine Handvoll kleiner Stoffbären mit, an einem der Vorratsbehälter stattete Ulrich sich mit genügend Zetteln aus und lief dann zielgerichtet zur Büromöbelausstellung.

Nachdem er in jedes Fach des Metallschrankes für die fiktiven Büromitarbeiter einen Stoffbären gesetzt hatte, nahm er an einem Schreibtisch Platz, der ihm einen guten Blick durch die Halle bot. Das Puppenhaus mit den Miniaturmöbeln musste weggeräumt worden sein, auch den kopflosen Papiermann auf dem Miniaturplastiksessel entdeckte er nicht mehr.

Ulrich machte sich an die Arbeit. Er legte den Zettelstapel vor sich hin, dachte einen Augenblick angestrengt nach und formulierte dann den ersten Satz: *Nicht nur Ihre Büroeinrichtung, auch Ihre Lebenseinrichtung ist veränderbar.*

Nur wenige Besucher bummelten durch die Büromöbelausstellung, niemand nahm von ihm Notiz. Ulrich klemmte den Zettel ungefaltet unter den Fuß der Schreibtischlampe, sodass der Satz für jeden sichtbar sein musste, der sich an den Tisch setzte.

In der folgenden Stunde beschriftete Ulrich zahlreiche Zettel, die er in der Büromöbelausstellung auf Schreibtischen, in Schubladen und auf Briefablagen verteilte. *Nur Mut bei Ihren Vorhaben – Sie sind nicht allein, Sie brauchen nicht viel Geld, um wirklich glücklich zu sein* oder *Auch Liebesbriefe schreiben kann Freude machen,* war dort beispielsweise zu lesen.

In seinem Eifer merkte Ulrich nicht, dass ihm ein Mitarbeiter des Möbelhauses unauffällig folgte, als er die Büromöbelausstellung verließ und in die Schlafzimmerabteilung wechselte. Dort setzte er sich auf ein Bett und schrieb weitere Zettel voll. *Sie dürfen Ihren Träumen vertrauen, Auch nachts sind Sie nicht allein* oder *Glück kommt auch im Schlaf* konnten die Besucher, die einen der Zettel zwischen den Bettritzen entdeckten, darauf lesen.

Als Ulrich sich in die Wohnzimmerabteilung aufmachte, blieb der Mitarbeiter des Möbelhauses, den Ulrich weiterhin nicht bemerkt hatte, in der Schlafzimmerabteilung zurück. Hätte Ulrich sich noch einmal umgeblickt, hätte er zwei Mitarbeiter gesehen, die aufgeregt miteinander sprachen.

Bald waren in der Wohnzimmerabteilung auf den Regalen, in Vitrinen und Sofaritzen weitere Zettel zu entdecken: *Sogar Ausweglosigkeiten haben offene Türen, Auch der Einsame kann zweisam werden* oder *Ihre Hoffnung wird sich erfüllen,* war dort zu lesen.

Als Ulrich einen Zettel zwischen zwei Bücher schieben wollte, entdeckte er einen bereits beschriebenen Zettel. Sofort erkannte er Giselas Handschrift. Ulrich faltete den Zettel auseinander. *Was fehlt Ihnen wirklich im Leben?* las er. Er setzte sich auf das ausladende Sofa, das fast das ganze Wohnzimmer ausfüllte, und überlegte einen Moment.

*Ein Mensch wie Sie,* schrieb er dann so unter die Frage, dass man den Zettel drehen musste, wenn man die Antwort lesen wollte. Er faltete den Zettel wieder zusammen und schob ihn zwischen die Bücher zurück. In seiner Wohnung saß er wenig später auf dem Sofa und blickte den vorbeiströmenden Möbelhausbesuchern hinterher.

Als ein jüngeres Paar das Wohnzimmer betrat, sagte Ulrich spontan: »Kommen Sie doch herein!«, woraufhin der Mann die Frau am Ärmel fasste und schnell weiterzog.

Ulrich stellte sich vor, wie er die Wohnung mit Gisela teilen würde. Abends würde er mit ihr auf dem Sofa sitzen, sie würde ihm von den Erlebnissen ihres Tages berichten und Ulrich würde aufmerksam und interessiert zuhören. Dabei fiel ihm ein, dass er eigentlich nichts von Gisela wusste. Bislang hatte er sie nicht zu fragen gewagt, was sie tat, wenn sie nicht im Möbelhaus umherstrich. Bestimmt hatte sie einen interessanten Beruf.

Ulrich stellte sich vor, dass sie irgendwo eine wichtige Position bekleidete und niemandem über ihr Kommen und Gehen Rechenschaft ablegen musste. So war es ihr möglich, zwischendurch das Möbelhaus aufzusuchen, wenn ihr der Sinn danach stand. Gestern musste irgendetwas Unvorhergesehenes ihre Anwesenheit erfordert haben, sodass sie ihre Verabredung nicht hatte einhalten können. Vielleicht war sie auch Künstlerin. Womöglich hatte sie irgendwo ein Atelier, in dem sie in Arbeitshosen stand und großformatige Bilder oder mannshohe Skulpturen anfertigte, die in den Museen der Welt ausgestellt wurden. Natürlich hatte sie Ulrich dies verschweigen müssen, da sie sich inkognito im Möbelhaus aufhielt, um neue Eindrücke zu sammeln.

Als Ulrich auf seinen Wecker schaute, war es bereits viertel vor eins. Er machte sich auf den Weg in das Restaurant, wo er sich an einen Tisch nahe beim Eingang setzte. In das Besteckklappern mischten sich die Gesprächsfetzen wie buntes Lametta, in der Nähe lachte jemand laut auf, eine Familie mit mehreren Kindern besetzte einen der letzten freien Tische in Ulrichs Nähe.

Ulrich zerteilte gerade ein Gemüsebällchen, als Gisela das Restaurant betrat. Sofort entdeckte sie ihn, winkte ihm zu und nahm wenig später mit einem vollen Tablett an seinem Tisch Platz.

»Es tut mir furchtbar leid, dass ich gestern nicht kommen konnte«, entschuldigte Gisela sich. »Aber es war etwas Dringendes dazwischengekommen.«

»Das dachte ich mir schon«, erwiderte Ulrich und schob das letzte Gemüsebällchen auf dem Teller herum.

»Wir hatten eine Versammlung auf dem Campingplatz, das nimmt im Moment kein Ende«, sagte Gisela kauend.

»Auf dem Campingplatz?«, fragte Ulrich erstaunt.

»Nun ja, wie soll ich es sagen …«, Gisela blickte auf ihren Teller, »ich lebe momentan auf einem Campingplatz.«

»Tatsächlich?« Für einen Moment überwältigte Ulrich das Gefühl, dass seine und Giselas Lebensweisen gar nicht sehr weit auseinanderlagen.

»Ja, in einem alten Wohnwagen. Andere haben sich übrigens auch dauerhaft auf diesem Campingplatz niedergelassen. Doch die Behörden sehen das nicht so gerne. Der Amtsschimmel wiehert im Moment ganz gewaltig!« Gisela schnaubte und stach mit der Gabel in ein Stück Lachs. »Es ist doch unglaublich! Statt froh zu sein, dass man nur wenig Platz zum Leben beansprucht, bombardiert uns die Stadt mit Auflagen und Fristen. Doch wir geben nicht auf!«

»Nein, natürlich nicht!«, bekräftigte Ulrich. »Darf ich denn fragen, wie es dazu kam, dass, ähm, also, dass …«

»Dass ich auf einen Campingplatz gezogen bin? Das ist schnell erzählt. Mein Bürojob war zum Haareraufen, ich habe es irgendwann nicht mehr ausgehalten, tagein, tagaus in ein Gebäude zu gehen, dort angeblich wichtige Dinge zu tun, bei denen niemand merken würde, wenn sie nicht getan würden, mit den Kollegen in der Kantine zu sitzen und zu beratschlagen, wie früh es überhaupt möglich ist, in Rente zu gehen – das ist doch furchtbar! Das war irgendwann kein Leben mehr. Wissen Sie«, Gisela sah Ulrich an, »ich habe vor langer Zeit einmal Philosophie studiert, doch wer braucht heute noch Philosophinnen? Also habe ich auf Floristik umgesattelt, ich wollte dann lieber etwas Praktisches tun. Die Arbeit hat mir unglaublich Spaß gemacht, der Verdienst war miserabel, und die Blumenhandlung leider irgendwann pleite. Damals hatte ich noch nicht den Mut, meinen eigenen Blumenladen aufzumachen, mir fehlte auch das nötige Kleingeld. Dummerweise hat mich das Arbeitsamt schnell in einen schrecklichen Job in einer schrecklichen Firma vermitteln können, den ich eigentlich gar nicht wollte. Doch die Miete muss schließlich auch bezahlt werden. Ach, das Leben!« Gisela seufzte.

Ulrich hatte gebannt zugehört, er sagte auch jetzt nichts, sondern sah Gisela unverwandt an. Er hatte einmal mehr das Gefühl, noch nie einem Menschen begegnet zu sein, der ihn auf solche Weise faszinierte wie Gisela. Einen Menschen, den er zwar ziemlich verrückt fand, der ihm damit jedoch keine

Angst machte. Und dessen Nähe er so genießen konnte wie noch bei niemandem vorher.

»Ja, nun«, hob Gisela wieder an, »den Rest können Sie sich ja denken. Vor drei Monaten habe ich meinen Job gekündigt, um meine eigene Blumenhandlung aufzumachen. Jetzt oder nie, habe ich mir gedacht. Wenn du es jetzt nicht tust, machst du es nie mehr im Leben. Und auf das Arbeitsamt hatte ich keine Lust mehr, da bin ich erst gar nicht hingegangen. Schließlich habe ich etwas gespart! Und damit das Leben, das ja nun irgendwie auch bezahlt werden will, den Traum nicht gleich wieder auffrisst, bin ich auf einen Campingplatz gezogen. Das spart die Miete und verschafft nette Nachbarn. Meinem Ex-Freund war das alles zu viel, der war dann mit dem Job auch plötzlich weg. Doch Sie glauben ja gar nicht, wen Sie auf einem Campingplatz so alles treffen können. Zum Beispiel einen ehemaligen Rechtsanwalt, der jetzt lieber Lastwagen fährt, ein sehr interessanter Mensch.«

»Ach?« Ulrich wurde hellhörig.

»Ja, aber überhaupt nicht mein Typ. Keine Angst.«

Ulrich spürte, wie seine Wangen warm wurden. Er musste rot wie eine Tomate sein. Doch Gisela schien sich daran nicht zu stören.

»Und der Blumenladen?«, wagte Ulrich zu fragen.

»Der kommt. Ich muss nur den richtigen Laden finden, dessen Miete bezahlbar ist, und das richtige Konzept entwickeln. Blumen können Sie schließlich überall kaufen, mein Laden soll etwas Besonderes sein.«

»Etwas philosophischer als die anderen?«

»Genau! Ich möchte den Menschen zu Blumen verhelfen, die noch etwas anderes bedeuten, als nur Blumen zu sein. Wenn sie sich meine Blumen auf den Tisch stellen, dann soll ihr Leben dadurch anders sein!« Gisela biss herzhaft in ihr Lachsbrötchen, Ulrich schmierte sich ein Marmeladenbrötchen.

»Ulrich«, sagte Gisela plötzlich, »wie wäre es denn, nun … wir könnten doch eigentlich Du zueinander sagen?«

»Ja, gerne«, sagte er hocherfreut.

»Fein«, Gisela hob ihre Kaffeetasse, Ulrich tat es ihr gleich und sie stießen mit den Kaffeetassen an.

»Was machst du denn heute noch so?«, fragte Gisela dann.

»Ach, so dies und das. Ich habe einiges zu erledigen.«

»Im Möbelhaus?«

»Wo sonst?« Da war es ihm herausgerutscht.

»Ach.« Gisela blickte ihn erstaunt an. »Also weißt du, irgendwie dachte ich mir das. Du bist den ganzen Tag hier! Hast du etwa auch deine Stelle gekündigt?«

»So könnte man es nennen.« Ulrich war erleichtert, dass Gisela das ganze Ausmaß seiner Lebenssituation noch nicht erfasste. »Auch meine alte Stelle hat mir nicht mehr behagt. Und hier gibt es wichtigere Aufgaben für mich als an irgendeinem anderen Ort. Nirgendwo sonst kann ich die Beobachtungen machen, die ich hier mache, ja, die ich hier machen muss!«

»Heißt das, du spazierst hier nicht nur aus bloßem Zeitvertreib herum, sondern du *arbeitest* hier als Beobachter?«, fragte Gisela.

»Ja.« Ulrich fand es völlig legitim, seinen Aufenthalt im Möbelhaus als Arbeit zu betrachten.

»Aha«, stellte Gisela fest. »Und wenn jemand etwas in seiner Tasche verschwinden lässt, bist du auch gleich zur Stelle?«

»Nein, nein«, beeilte Ulrich sich zu sagen, »ich bin wie erwähnt nur ein stiller Beobachter. Die Besucher sollen tun und lassen, was ihnen gefällt. Es geht nur darum, dass jemand ihr Tun und Lassen freundlich betrachtet und daran Anteil nimmt und die Dinge sieht, die sonst nicht gesehen werden.«

»Dann arbeitest du in der Marktforschungsabteilung?« Gisela sah ihn durchdringend an.

Ulrich schüttelte vehement den Kopf. »Nein, ich arbeite frei.«

»Aha. Interessant. Um Geld geht es dir offenbar nicht.«

»Um Himmels willen, Geld! Nein, davon brauche ich nicht viel.«

»Das gefällt mir.« Gisela lächelte ihn an. »Du würdest gut auf den Campingplatz passen. Aber sicher fährst du abends in eine gemütliche Wohnung, die mit Möbeln von hier vollgestellt ist, und legst dich dort in ein weiches Bett.«

Ulrich schwieg. Er blickte auf sein halb gegessenes Marmeladenbrötchen. »Ich lebe hier«, sagte er endlich mit leiser Stimme.

Giselas Augen weiteten sich. »Hier? Im Möbelhaus?«

Ulrich nickte.

»Das ist ja fantastisch, also wirklich!« Gisela strahlte, dann sah sie ihn plötzlich stirnrunzelnd an. »Und ist das, also, ich meine ... ist das bekannt?«

»Wie gesagt, ich bin ein stiller Beobachter. Wäre es bekannt, wäre es damit wohl vorbei.«

»Ah. Ich verstehe.« Gisela sah ihn verschwörerisch an.

Ulrich fühlte, wie eine Last von seinen Schultern fiel. Vor Gisela musste er sich nun nicht mehr verstecken, vielmehr schien er sie sogar beeindruckt zu haben. In der folgenden Stunde erzählte er ihr sein halbes Leben und erfuhr seinerseits, wie sehr sich Gisela nach jemandem sehnte, mit dem sie, wie sie sich ausdrückte, ab und zu ihren Hang zu Albernheiten und kindlicher Freude teilen könnte.

Als sie sich voneinander verabschiedeten – Gisela hatte noch auf dem Campingplatz zu tun –, trat sie plötzlich ganz nahe an ihn heran und hauchte ihm einen Kuss auf die Wange.

»Ich hoffe, wir sehen uns morgen?«

Ulrich nickte. »Ich bin hier«, sagte er mit hochrotem Kopf und innerlich jubelnd.

Den restlichen Tag ließ Ulrich sich durch das Möbelhaus treiben. Er fühlte sich so frei wie noch nie in seinem Leben und die Arbeit fiel ihm leicht. Einmal meinte er, die Nachtwächterin zu sehen, doch als er die ältere Frau überholte, war sie es nicht. In der Möbelausstellung beobachtete Ulrich einen Mann und eine Frau, die vor einem riesigen Kleiderschrank standen. Immer wieder schob die Frau die Türen auf und zu, als wolle sie den Mechanismus einer genaueren Prüfung unterziehen. Der Mann studierte derweil einen Prospekt, in dem verschiedene Varianten des Kleiderschrankes abgebildet waren.

Kurz wurde Ulrich durch ein älteres Pärchen abgelenkt, das

Händchen haltend den Hauptgang entlangging. Als er wieder zu dem Kleiderschrank blickte, war der Mann verschwunden, die Frau entfernte sich eilig über den Gang. Der Mann musste vorausgegangen sein, vielleicht waren ihm die Schiebeversuche der Frau zu viel geworden. Nun trat eine jüngere Frau an den Kleiderschrank heran, dessen Türen wieder geschlossen waren. Sie versuchte, die rechte Tür nach links zu schieben, doch sie ließ sich offenbar nur schwer bewegen. Die Frau nahm beide Hände zu Hilfe und stemmte sich gegen den Schrank, doch die Tür blieb in ihrer Position. Erschöpft stand die Frau neben dem Schrank. Plötzlich hielt sie ihr rechtes Ohr gegen die Tür, sie schüttelte den Kopf, lauschte noch einmal, schüttelte wieder den Kopf und ging dann schnell weiter.

Ulrich schlenderte zu dem Schrank hin und tat so, als würde er das kleine Plastikschild studieren, das an der rechten Seite des Schrankes hing. Dabei hielt er den Kopf schräg in Richtung des Spaltes zwischen Schiebetür und Schrankkorpus. Er hörte ein leises »*Hallo?*« und wandte sich um. Niemand stand hinter ihm. Das »*Hallo?*« wiederholte sich, dann war ein gedämpftes Klopfen zu hören. Ulrich hielt sein Ohr nah an die Schranktür. Und tatsächlich: Dort drinnen musste jemand sitzen, der durch Rufen und Klopfen auf sich aufmerksam zu machen versuchte.

Ulrich blickte an der Tür hoch und sah, dass etwas, das wie ein winziger Schraubenschlüssel aussah, oben aus der Tür herausragte. Offenbar blockierte er die Rollen, auf denen die Tür ansonsten geräuschlos hin- und herglitt. Konnte jemand mit Absicht die Mechanik verklemmt haben, sodass sich die Tür nun nicht mehr öffnen ließ? Und war es gar der eben noch gesehene Mann, der nun wieder leise und zaghaft *»Hallo?«* rief? Sicher würde die Frau gleich zurückkehren, da ihr das Fehlen des Mannes längst aufgefallen sein musste. Doch war sie nirgends zu sehen.

Plötzlich kam Ulrich ein anderer Gedanke und verwundert schüttelte er den Kopf. Konnte es denn sein, dass …? Ein kleiner Schreck durchfuhr ihn, und rasch lief er in die Richtung, die vorhin die Frau eingeschlagen hatte. Erst im Restaurant sah Ulrich die Frau am Fenster sitzen. Er holte sich eine Tasse Kaffee und setzte sich an einen Tisch in der Nähe. Über den Rand der Kaffeetasse hinweg beobachtete er, wie die Frau langsam ein Stück Schokoladenkuchen verzehrte und dabei hin und wieder aus dem Fenster sah. Schließlich stand sie auf, brachte ihr Tablett zum Abräumband und verließ das Restaurant.

Ulrich wechselte auf ihren Platz am Fenster. Wenig später sah er sie aus dem Ausgang des Möbelhauses treten und mit zügigen Schritten über den Parkplatz gehen. Ulrich kehrte in die Kleiderschrankabteilung zurück. Wo vorhin noch der Schrank mit dem Mann gestanden hatte, war nur noch ein leichter Abdruck auf dem Boden zu erkennen. Einige Möbelhausbesucher standen zusammen und wechselten ein paar Worte, dann gingen sie in unterschiedliche Richtungen davon.

Unfassbar, der Schrank mit dem Mann musste von Möbelhausmitarbeitern weggebracht worden sein! So gefährlich konnte es also sein, sich in einem Schrank aufzuhalten, überlegte Ulrich. War man nicht schnell genug wieder draußen, war es mit der Freiheit vorbei. Ein kleiner Schauer durchzog ihn und er fühlte nach den Zetteln in seiner Hosentasche.

Als er die Kleiderschrankabteilung wieder verließ, lag in einem Fach eines der Schränke ein Zettel, auf dem zu lesen war: *Wen würden Sie am liebsten im Schrank einsperren und was hat das mit Ihnen selbst zu tun?* Dass ein Mitarbeiter des Möbelhauses den Zettel wenig später entdeckte und kopfschüttelnd einsteckte, konnte Ulrich nicht wissen.

Mittags entdeckte Ulrich im Restaurant das ältere Paar wieder, das am Vormittag Händchen haltend durch die Möbelausstellung gelaufen war. Als beide aufstanden und das Restaurant verließen, folgte Ulrich ihnen. Wieder fand er sich in der Kleiderschrankabteilung, mit einem Zentimetermaß aus Papier maßen der Mann und die Frau einen der Kleiderschränke aus. Plötzlich knuffte die Frau den Mann in die Seite und flüsterte ihm dann etwas ins Ohr, der Mann lachte laut auf. Er schob die Hemden beiseite, die auf der Kleiderstange hingen, während die Frau wegging und nach wenigen Augenblicken mit zwei kleinen Hockern wiederkam, die sie in den Kleiderschrank stellte. Der Mann und die Frau quetschten sich in den Kleiderschrank, wobei sie kicherten und sich gegenseitig in die Seiten knufften, dann zog die Frau die Tür des Schrankes zu. Ulrich blickte noch eine Weile auf den Schrank, aus dem er unterdrücktes Lachen hörte.

Am späten Nachmittag saß Ulrich lange in der Wohnzimmerabteilung in einem bequemen Ohrensessel. Aus einiger Entfernung beobachtete er den älteren Mann mit Hut, den er bislang nur im Restaurant gesehen hatte. Der Mann tat nichts weiter, als still auf einem Sofa zu sitzen und hin und wieder die Blickrichtung zu ändern. Den Hut hatte er abgenommen und neben sich gelegt.

Auf Ulrich wirkte der Mann in seiner ruhigen Haltung, als habe er alles im Leben erledigt, was es zu erledigen galt. Jetzt war es an der Zeit, auf einem Sofa zu sitzen und nichts mehr zu tun. Wie oft hatte auch der Vater zu Hause still und ruhig auf dem Sofa gesessen, doch Ulrich hatte dabei nie die Empfindung gehabt, dass der Vater mit diesem Rückzug einverstanden gewesen war, sondern dass es sich dabei mehr um eine Kapitulation vor dem Leben handelte und das Sofa in jenen Momenten der einzige Ort war, an dem er bestehen konnte.

Ulrich merkte, wie seine Erinnerungen ihn wieder traurig machten. Erst als das Möbelhaus die Besucher kurz vor Ende der Öffnungszeit zum Verlassen der Ausstellung aufforderte, erhob Ulrich sich von seinem Sessel. Der Mann hatte die Ausstellungshalle schon lange zuvor verlassen. Ulrich ging direkt zu seiner Wohnung und legte sich dort unter das Bett neben seine Schuhe. Er wollte abwarten, bis es im Möbelhaus ruhig geworden war und irgendwann auch die Lichter verloschen; dann würde er sich in das Bett legen.

*»Komm!« »Komm, Ulrich.«*

Er musste aus einem leichten Dämmerschlaf erwacht sein, sein Nacken war steif und der Rücken schmerzte. Langsam schob Ulrich sich unter dem Bett hervor.

*»Ulrich, komm.«*

Er hatte sich nicht getäuscht, er hatte wieder die Stimme gehört, die ihn rief. Langsam stand er auf, im Möbelhaus war es still, nur über dem Hauptgang brannten vereinzelte Lampen, die alles in ein diffuses Licht tauchten. Ulrich ging in die Richtung, aus der er die Stimme gehört hatte.

In der Esszimmerabteilung hielt er inne. Wo für gewöhnlich zahlreiche Esstische und Stühle ausgestellt waren, konnte er nur einen einzigen Tisch erblicken, der für vier Personen gedeckt war. Ulrich sah Gläser und Teller, neben einer Flasche Wein lag ein Brot, es gab mehrere Schüsseln, die weitere Speisen enthalten mussten. Am Kopfende des Tisches saß die Nachtwächterin und blickte in die ihm entgegengesetzte Richtung. Wusste sie nicht, woher er kam? Sie musste ihn doch gerufen haben. Oder wartete sie noch auf jemand anderen?

Ulrich verbarg sich hinter einer Säule. Als er den Gang hinaufsah, erblickte er in einiger Entfernung zwei Personen, die sich langsam näherten. Der Mann trug einen Hut, die Frau hatte sich bei dem Mann untergehakt. Sie kamen näher und Ulrich sah, wie der Vater und die Mutter gemeinsam an den Tisch traten. Die Nachtwächterin erhob sich und blickte sie freundlich an, mit einer Geste lud sie sie ein, am Tisch Platz zu nehmen. Die Eltern setzten sich nebeneinander an den Tisch, die Nachtwächterin blieb stehen. Sie wandte sich um und blickte zu Ulrich hin.

Ulrich spürte sein Herz klopfen. Er sah zu Boden und dann wieder zum Tisch hin. Dann löste er sich von der Säule und näherte sich langsam dem Tisch. Lächelnd zeigte die Nachtwächterin auf den gedeckten Platz den Eltern gegenüber. Ulrich setzte sich hin, er wagte es kaum, die Eltern anzublicken. Die Nachtwächterin goss Wein in die Gläser und legte jedem ein Stück Brot auf den Teller. Dann aßen sie gemeinsam. Ulrich merkte, wie er immer ruhiger wurde. Der Vater und die Mutter blickten ihn freundlich an, blieben jedoch still, und auch die Nachtwächterin sprach nicht. Ulrich hatte das Gefühl, dass in dem, was geschah, alles gesagt war.

Als er den Vater und die Mutter anblickte, meinte er, dass sie ihn um Vergebung bittend für das, was sie ihm schuldig geblieben waren, ansahen. Gleichzeitig wusste er, dass es dabei nicht um seine Eltern, sondern um ihn selbst ging. Er merkte, wie ihm Tränen über das Gesicht liefen. Zum ersten Mal in seinem Leben spürte er eine Verbindung zu den Eltern, zu *seinen* Eltern. Ulrich fühlte eine große Dankbarkeit in sich aufsteigen. Noch einmal traf sich sein Blick mit dem seiner Eltern. Sein Vater lächelte still und frei, als habe ihm jemand seine Lebenslast von den Schultern genommen. Seine Mutter blickte ihn sanft an, so als sei auch sie frei geworden von allen Schrecken.

Es ist gut, dachte Ulrich, jetzt ist es endlich gut. Bei der Nachtwächterin hatten seine Eltern ihren Frieden gefunden, jetzt konnte auch er sie tot sein lassen.

Ulrich blieb noch eine Weile schweigend am Tisch sitzen, dann stand er auf. Er nickte der Nachtwächterin zu und ging davon, ohne sich noch einmal umzudrehen.

# 8.

Ulrich erwachte von einem Geräusch. Rasch schlug er die Decke zurück, es musste bereits Morgen sein, alle Lichter im Möbelhaus brannten. Ulrich stand auf, zog die Schuhe an, die neben dem Bett standen, und strich die Decke glatt. Aus dem Fenster seiner Wohnung sah er zwei Mitarbeiter den Gang entlang gehen. Schnell verbarg er sich in einer Ecke hinter einem Vorhang. Er hatte den Rucksack vergessen, der vor dem Bett stand, schoss es ihm durch den Kopf. Doch die Mitarbeiter eilten an seiner Wohnung vorbei, ohne einen Blick hineinzuwerfen.

Als Ulrich sich außer Gefahr wähnte, holte er den Rucksack und verschwand wieder hinter dem Vorhang. Es war halb acht, das Möbelhaus würde erst in zwei Stunden öffnen. Ulrich fiel nichts anderes ein, als die nächsten Stunden hinter dem Vorhang zu verbringen. Stocksteif stand er da und hoffte, dass niemand die Wohnung betreten und sich über den sich bauschenden Vorhang wundern würde.

Als die ersten Besucher die Ausstellungshalle füllten, wagte Ulrich sich hervor. Er setzte sich auf das Bett und atmete tief durch. Er war sich nicht sicher, ob er in der Nacht geträumt oder wirklich erlebt hatte, woran er sich zu erinnern meinte. Aber das Gefühl, etwas Dringendes im Möbelhaus erledigen zu müssen, war von ihm gewichen. Ulrich fühlte sich frei und leicht, er frühstückte im Restaurant und ging anschließend durch die Möbelausstellung.

Zunehmend beschlich ihn dabei das Gefühl, beobachtet zu werden. Hatte sich nicht eben der Mitarbeiter am Informationstisch der Küchenabteilung nach ihm umgedreht, als wundere er sich, ihn schon wieder hier zu sehen? Und gingen die beiden Mitarbeiterinnen, die vorgaben, sich angeregt zu unterhalten, nicht schon eine Weile hinter ihm her, bevor sie nach rechts abbogen und die Abkürzung zur Kinderabteilung nahmen? Auch in der Markthalle hatte Ulrich das Gefühl, dass die Mitarbeiterin, die an den Töpfen herumhantierte, etwas zu lange in seine Richtung sah.

Wenigstens in der Selbstbedienungshalle fühlte er sich unbeobachtet. Er drückte sich zwischen den hohen Regalen herum und verbrachte einige Zeit damit, einen Wagen mit schweren Möbelpaketen vollzuladen und bis in den Kassenbereich zu schieben. Dort hatten sich am späten Vormittag bereits lange Schlangen vor den Kassen gebildet. Als habe er es sich anders überlegt, wendete Ulrich den schweren Wagen, schob ihn wieder in die Selbstbedienungshalle und legte ein Paket nach dem anderen in die Regale zurück. Verschwitzt und hungrig ließ er den leeren Wagen stehen, ging zurück und die Treppe zur Möbelausstellung hinauf.

Auf einer Treppenstufe lag eine gelbe Jacke, auf deren Rücken der Name des Möbelhauses prangte. Ulrich blickte sich um, dann nahm er die Jacke rasch an sich und bog vor dem Restauranteingang zu den Toiletten ab. Auf der Toilette zog er seine Jacke aus, stopfte sie in den Rucksack und schlüpfte stattdessen in die Möbelhausjacke. Zufrieden betrachtete er sich im Spiegel. Von einem Mitarbeiter des Möbelhauses war er nun kaum noch zu unterscheiden. Wenig später reihte er sich mit vollem Tablett in die Schlange vor einer der Restaurantkassen ein.

»Ach, Sie sind wohl neu, das Mitarbeiterrestaurant ist schräg gegenüber«, wurde er von einer freundlichen Kollegin informiert, als er an der Reihe war.

»Danke, das ist mir bekannt, ich bin hier verabredet«, sagte er nur, wünschte seiner neuen Kollegin noch einen schönen Tag und saß wenig später an seinem Lieblingsplatz am Fenster. Gisela tauchte nicht auf, doch das beunruhigte Ulrich nicht. Bestimmt war sie mit der Suche nach einem geeigneten Blumenladen beschäftigt oder verteidigte gerade ihren alten Anhänger auf dem Campingplatz als Dauerwohnlösung.

Nachdem er eine große Portion Gemüsebällchen und eine Waffel mit Kirschen und Vanillesoße zum Nachtisch gegessen hatte, verließ Ulrich das Restaurant wieder und ging noch einmal zur Markthalle hinunter. Neben den Kunstblumen hatte er dort echte Pflanzen entdeckt. Er wählte zwei Zitrusbäumchen und eine hochgewachsene Palme aus, ging mit den Pflanzen zu seiner Wohnung zurück und stellte die Palme neben das Sofa und die Zitrusbäumchen rechts und links neben den Fernseher. Da ihm auch die übrige Einrichtung seiner Wohnung nicht mehr gefiel, holte er aus der Markthalle noch eine Stehlampe, die er neben das Bett stellte, und einige Kissen, die er auf Sofa und Bett verteilte. Der Teppich, der halb unter dem Bett lag, wirkte auf Ulrich mit einem Mal zu dunkel. Mit einem neuen Teppich über der Schulter betrat er wenig später wieder die Wohnung und fing an, das Bett zur Seite zu rücken.

Besucher liefen an der Wohnung vorbei und warfen hin und wieder einen Blick hinein; für sie musste es so aussehen, als sei ein Mitarbeiter des Möbelhauses damit beschäftigt, die Wohnung umzudekorieren. Schließlich nahm Ulrich den alten Teppich auf die Schulter und spazierte damit zur Markthalle zurück.

Unterwegs traf er zwei Kollegen, die gelbe Poloshirts mit dem Logo des Möbelhauses trugen. Ulrich nickte ihnen freundlich zu, sie grüßten zurück, der eine schien Ulrich verwundert anzublicken, doch dann waren sie wieder in ihr Gespräch vertieft und beachteten ihn nicht weiter.

Aus der Markthalle zurückgekehrt, wo er den Teppich unauffällig auf einen Haufen gleichartiger Teppiche gelegt hatte, saß Ulrich dann zufrieden in seiner Wohnung. Wenn ihm ein Satz oder eine Frage einfiel, notierte er sie auf einem Zettel, die Zettel würde er bald wieder im Möbelhaus verteilen.

Der Strom der nachmittäglichen Besucher war angeschwollen und ab und zu kam jemand in seine Wohnung, zog an den Vorhängen, öffnete diese und jene Schranktür und verließ die Wohnung wieder. Als er aus dem Fenster seiner Wohnung in die Ausstellungshalle blickte, entdeckte Ulrich plötzlich Gisela unter den Besuchern. Aus der gelben Tasche, die sie über der Schulter trug, ragte eine Pflanze.

Gisela schlenderte über den Gang und näherte sich langsam. Ulrich blickte sich in seiner Wohnung um, stand dann rasch auf und rückte auf einem Regal eine Vase zurecht, im Badezimmer schloss er den Klodeckel. Kaum war er im Wohnzimmer zurück, stand Gisela auch schon im Türrahmen der Wohnung und klopfte an die Wand.

»Hier wohnst du also. Ich darf doch hereinkommen?«

»Aber bitte.« Ulrich machte eine einladende Handbewegung.

Gisela stellte die Tasche neben das Sofa und ließ sich auf das Sofa sinken. »Hübsch. Hier gefällt es mir.« Sie blickte sich in der Wohnung um. Auch Ulrich nahm auf dem Sofa Platz.

»Du arbeitest jetzt doch für das Möbelhaus?«, fragte sie und zupfte am Ärmel seiner Jacke.

»Nein, nein.« Ulrich schüttelte den Kopf und legte einen Zeigefinger an den Mund.

»Aha, verstehe«, flüsterte Gisela. »Immer noch undercover.«

Ulrich zwinkerte ihr zu. Gisela kramte in ihrer Tasche, dann stellte sie eine Thermoskanne, zwei Kaffeebecher und eine Packung Haferkekse auf den Tisch. »Ich dachte, wir könnten es uns ein wenig gemütlich machen«, sagte sie, goss Kaffee ein und öffnete die Kekspackung.

»Gerne«, sagte Ulrich.

In der nächsten Stunde saßen sie plaudernd auf dem Sofa. Wenn ein Besucher die Wohnung betreten wollte, blickte Ulrich ihn forsch an, sodass er schnell wieder verschwand. Ulrich erfuhr von Gisela, dass sich der Kampf um das Wohnrecht auf dem Campingplatz zugunsten der Bewohner zu entscheiden schien. Gisela war guter Dinge und eifrig auf der Suche nach einem Standort für ihren Blumenladen. Sie dachte bereits über einen Namen nach, der den besonderen Charakter des Ladens unterstreichen sollte, war jedoch noch nicht zu einem befriedigenden Ergebnis gekommen. *Blumen mit Anspruch* hatte sie sofort wieder verworfen, auch *Sag's mit Blumen* erschien ihr nicht passend.

*Blattwerk* schlug Ulrich vor, oder *Blatt und Blüte.* Das fand Gisela zwar sehr fantasievoll, so recht wollte es ihr jedoch nicht gefallen. Auch *Löwenzahn & Pusteblume* verwarf sie nach einigem Nachdenken.

»Oder vielleicht einfach nur *Die Blume*?«, meinte Ulrich schließlich nicht ganz ernsthaft.

»Ja!«, rief Gisela begeistert. »Das ist es. *Die Blume.* Das steht für alles, was ich sagen will. Ulrich, ich bin beeindruckt!«

Ulrich fühlte sich wachsen. Er griff nach einem Haferkeks, dabei berührte er unbeabsichtigt Giselas Hand, die sich ebenfalls nach den Keksen ausgestreckt hatte. Sofort zog er die Hand wieder zurück.

Gisela blickte ihn an. »Ulrich?«

»Ja?«

Gisela rückte noch näher an ihn heran, jetzt berührten sich ihre beiden Knie. Ulrich wurde es heiß und kalt zugleich.

»Ich mag dich, Ulrich.«

Gleichzeitig fielen Ulrich seine Mutter, die Nachtwächterin, ein alter Klassenkamerad, der ihn immer geärgert hatte, sein

Vater und der Mann mit dem Hut ein, den er heute noch gar nicht gesehen hatte. Er atmete einmal tief durch.

»Ulrich? Ich mag dich wirklich«, sagte Gisela.

»Ich auch … also, ich meine … dich. Ich mag dich auch.«

Fast hatte Ulrich erwartet, auf der Stelle tot umzufallen, doch nichts dergleichen geschah. Nur sein Hals fühlte sich etwas trocken an, und als Gisela die Hand auf sein linkes Knie legte, durchzuckte es ihn. Er griff nach den Haferkeksen und bot sie Gisela an.

Lachend nahm sie einen Keks aus der Packung. »Wir könnten Zettel schreiben und im Möbelhaus verteilen«, schlug sie vor.

»Oder überall Pflanzen hinstellen«, meinte Ulrich.

»Weißt du was?«, Gisela blickte ihn verschwörerisch an. »Ich würde so unglaublich gerne einmal ins Bällebad springen«, fuhr sie fort, »und am liebsten mit dir zusammen!«

»Und dann darin herumplantschen und mit Bällen werfen.« Ulrich grinste.

»Ja!«, rief Gisela. »Oh, bitte, bitte! Heute Nacht?«

»Das ist aber sehr auffällig«, Ulrich zog die Stirn in Falten. »Wir könnten entdeckt werden, dann bin ich meine Wohnung los.«

»Ich bin mucksmäuschenstill. Ich plantsche ganz leise und werfe ganz leise mit den Bällen.« Gisela schlug die Augen nieder.

Ulrich überlegte einen Moment. Sollte er ihr von der Nachtwächterin erzählen? Doch dann verwarf er den Gedanken wieder. Gisela sah ihn fragend an. Sie ließ nicht locker.

»Aber nur, wenn du keine Bälle klaust und überall im Möbelhaus verteilst«, sagte Ulrich.

»Ich schwöre!« Gisela hob die rechte Hand, beide mussten laut lachen. Ein Besucher sah gerade durch die Tür und ging dann schnell weiter.

Nach dem Abendessen im Restaurant und kurz bevor das Möbelhaus schloss, schlich Ulrich mit Gisela auf die Toiletten im Eingangsbereich, die sich direkt neben dem Kinderparadies befanden. Als es im Möbelhaus still geworden war und nur noch das Mondlicht durch die Glasfassade des Eingangsbereiches drang, kamen sie wieder aus ihrem Versteck.

Ulrich hielt nach allen Seiten hin Ausschau, die Luft schien rein zu sein. Wenig später sah man sie im Bällebad herumtoben. Gisela ließ sich mehrmals rückwärts in die Bälle fallen und tauchte in ihnen unter, Ulrich tat es ihr gleich. Nur ein unterdrücktes Kichern und Gurgeln war zu vernehmen und hin und wieder flog ein Ball über die Kante des Beckens.

# 9.

Am nächsten Morgen saßen Ulrich und Gisela bei einem ausgiebigen Frühstück im Restaurant, das am Samstagvormittag gut besucht war. In der Nacht waren sie nach dem Ausflug ins Bällebad in Ulrichs Wohnung zurückgeschlichen. Zwischenzeitlich hatte Ulrich geglaubt, dass ihnen jemand folge, doch hatte er niemanden sehen können.

Ulrich hatte Gisela sein Bett angeboten und sich selbst auf das Sofa gelegt, dort aber kaum geschlafen, da er den Eingang der Wohnung nicht aus den Augen lassen wollte. Erst am frühen Morgen war er kurz eingenickt; als er vom Weckerklingeln erwachte, hatte er Gisela geweckt und sie überzeugen können, sich gemeinsam unter das Bett zu legen und dort abzuwarten, bis das Möbelhaus öffnete.

Gleich würde Gisela zu einer weiteren Bewohnerversammlung auf dem Campingplatz aufbrechen, Ulrich hatte sich nicht dazu bewegen lassen, mitzukommen. Insgeheim freute er sich darauf, bis zum frühen Nachmittag, wenn Gisela zurück sein wollte, noch einmal Zeit für sich zu haben und alle Erlebnisse der letzten Tage still auf sich wirken zu lassen. Der Mann mit Hut saß einige Tische entfernt, Ulrich nickte ihm wie einem alten Bekannten freundlich zu, der Mann lüpfte kurz seinen Hut.

»Ich muss los«, sagte Gisela, als sie die letzten Krümel von ihrem Teller aufgelesen und den letzten Schluck Kaffee getrunken hatte. »Und du kommst wirklich nicht mit?« Sie schien ein wenig enttäuscht zu sein.

»Ein anderes Mal, bestimmt«, sagte Ulrich und fügte hinzu: »Ich freue mich auf heute Nachmittag.«

Das schien Gisela zu versöhnen. »Dann viel Vergnügen bei deiner Beobachtungsarbeit«, sagte sie, gab ihm einen Kuss und war wenige Augenblicke später verschwunden.

Ulrich lehnte sich zurück. Gerade wurden die Eltern eines kleinen Elia per Lautsprecherdurchsage aufgefordert, ihr Kind aus dem Småland abzuholen. Der Mann mit Hut blickte sich im Restaurant um. An einem Tisch am Fenster saß gestikulierend ein junges Pärchen, der Mann stand schließlich auf und ging durch den Ausgang davon. Ulrich nippte an der Kaffeetasse. Den Vormittag würde er an sich vorbeiziehen lassen, vielleicht würde er sämtliche Esszimmerstühle ausprobieren und sich danach in der Schlafzimmerabteilung in Rücken- und Seitenlage auf alle Matratzen legen.

Plötzlich trat ein Mitarbeiter des Möbelhauses an Ulrichs Tisch. »Würden Sie bitte einmal mitkommen?«, sagte er freundlich, aber bestimmt.

»Ich? Wieso?«, fragte Ulrich erschrocken. Dann fiel ihm ein, dass er wieder die Mitarbeiterjacke trug, offenbar hielt man ihn tatsächlich für einen Kollegen. »Entschuldigen Sie bitte«, sagte Ulrich, zog die Jacke aus und hielt sie dem Mitarbeiter hin, »ich bin gar kein Mitarbeiter. Ehrlich gesagt, ich habe die Jacke auf einer Treppe gefunden und sie gefiel mir so gut, dass ich sie gleich angezogen habe.«

»Nein, noch sind Sie kein Mitarbeiter. Aber vielleicht lässt sich das ändern.« Der Möbelhausmitarbeiter lächelte Ulrich an. »Kommen Sie bitte mit ins Büro.«

Ulrich stand auf und folgte dem jüngeren Mann mit einer Mischung aus Neugierde und Anspannung. Wenig später fand er sich im Büro des Filialleiters wieder, der ihn ausgesprochen freundlich empfing. Kurz darauf schämte Ulrich sich fast für seine Leichtgläubigkeit. Natürlich hatte man im Möbelhaus längst bemerkt, dass er auch die Nächte dort verbrachte. Wie konnte er nur so dumm gewesen sein zu glauben, schalt Ulrich sich insgeheim, dass er bis jetzt unentdeckt geblieben war?

Erst habe man ihn sofort hinauswerfen wollen, erklärte der Filialleiter, doch dann habe er ihn auf eine wunderbare, ja, geradezu geniale Idee gebracht. Ob er nicht dauerhaft im Möbelhaus einziehen wolle, fragte der Filialleiter ihn.

Ulrich war sprachlos.

»Ja, ja, Sie haben ganz richtig gehört«, führte der Filialleiter weiter aus und rieb sich die Hände. »Das ist die beste Marketingidee, die mir je untergekommen ist. Sie ziehen hier ein, ganz offiziell. Sie wohnen einfach weiter in Ihrer Wohnung, Sie können sie gerne auch umdekorieren, damit haben Sie ja schon angefangen, nicht?« Er lachte laut.

Ulrich hielt den Kopf schräg und schwieg.

»Selbstverständlich erhalten Sie auch sämtliche Mitarbeitervergünstigungen.«

»Hm. Ich weiß nicht.« Ulrich war skeptisch.

»Also, wenn Sie unbedingt wollen, kann Ihre Freundin mit einziehen. Es gibt ja auch größere Wohnungen.«

Ulrich überlegte. Das wäre immerhin eine Option, wenn Gisela auf dem Campingplatz doch weitere Probleme bekommen sollte.

»Könnten wir auch Pizza bestellen? Und einen richtigen Fernseher haben?«, wagte er sich vor.

»Natürlich! Sie sollen ja hier leben! Sie sind quasi das lebende Inventar und führen den Leuten vor, wie wohl man sich in einer mit unseren Möbeln eingerichteten Wohnung fühlt. Besser kann man keine Möbel verkaufen!«

»Und verreisen?«, bohrte Ulrich nach. Plötzlich schien ihm das Angebot des Möbelhauses sehr verlockend.

»Wie meinen Sie das?« Der Filialleiter stutzte.

»In andere Möbelhäuser fahren und dort Urlaub machen. Filialen gibt es doch fast überall, sogar in Australien. Und in Australien war ich noch nicht.« Ulrich fühlte sich beflügelt von der Idee, mit Gisela zusammen auf Kosten des Möbelhauses auf Reisen zu gehen. Offenbar war er endlich in der Lage, Gelegenheiten tatkräftig beim Schopf zu packen.

»Mhm. Daran haben wir noch nicht gedacht.« Der Filialleiter kratzte sich am Kopf. »Doch es gibt ja Austauschprogramme für Mitarbeitende«, fuhr er dann fort, »da lässt sich sicher etwas machen. Ja, ganz bestimmt!« Er blickte Ulrich triumphierend an.

Plötzlich fiel Ulrich die Nachtwächterin ein. »Könnte vielleicht auch die Nachtwächterin gelegentlich mit uns verreisen?«, fragte er.

»Welche Nachtwächterin?« Der Filialleiter wirkte erstaunt. »Hier gibt es keine Nachtwächterin. Nachts kommt regelmäßig ein Sicherheitsdienst vorbei und sieht nach dem Rechten.«

»Und die alte Frau, die nachts aufpasst?«

»Also, nicht, dass Sie mich da falsch verstehen – aber alte Frauen arbeiten hier wirklich nicht, auch nicht beim Sicherheitsdienst. Da ist niemand über fünfundsechzig beschäftigt.« Der Filialleiter runzelte die Stirn.

»Dann habe ich mich wohl getäuscht«, beeilte sich Ulrich zu sagen.

Eine halbe Stunde später saß er in der Möbelausstellung in einem tiefen Sessel. Die Besucher zogen an ihm vorbei und Ulrich fühlte sich offiziell. Mit dem Filialleiter hatte er ausgehandelt, dass er sich das Angebot drei Tage lang überlegen könnte. So lange würde man ihm – und wenn sie es wollte, auch seiner Freundin – gestatten, sich weiter unbehelligt Tag und Nacht im Möbelhaus aufzuhalten. Den Sicherheitsdienst hatte man entsprechend informiert. Sogar im Restaurant war Ulrich nun Gast des Möbelhauses, in den nächsten drei Tagen konnte er dort essen und trinken, so viel er wollte, ohne dafür zahlen zu müssen.

Dass die Nachtwächterin im Möbelhaus nicht bekannt war, wollte ihm jedoch nicht aus dem Kopf. Tatsächlich wäre er eher verwundert gewesen, wenn sie sich als bloße Mitarbeiterin des Möbelhauses erwiesen hätte. Wegen allem, was sie ihm gezeigt und woran sie ihn hatte teilhaben lassen, glaubte er immer stärker, sie müsse mehr sein. Ulrich war sich auch nicht sicher, ob Gisela bereit wäre, in das Möbelhaus einzuziehen. Doch vielleicht könnte er sie überzeugen, wenn er nur den richtigen Moment abwartete.

Er stellte sich vor, wie sie gemeinsam alle Filialen auf der Welt besuchen würden. Vielleicht gäbe es in den Restaurants landestypische Spezialitäten, die sie gemeinsam probieren könnten. Überall würden sie freundlich empfangen werden wie alte Bekannte, zusammen mit Gisela wäre er Teil einer wunderbaren weltweiten Möbelhausfamilie. Ja, er wusste, dass Gisela ihr Leben auf dem Campingplatz heiß und innig liebte. Doch was war dieses Leben schon angesichts der Aussichten, überall auf der Welt zu Hause zu sein und nie mehr Miete bezahlen zu müssen?

Ulrich blickte einem jungen Mann hinterher, der den Gang entlang ging, an einem Sofa stehen blieb, das Etikett studierte, sich dann Notizen machte und weiterlief. Ulrich stand auf, ging zu dem Sofa hin und setzte sich. Aus seiner Hosentasche nahm er einen Notizzettel, der schon etwas zerknittert war, glättete ihn und schrieb mit Bleistift darauf: *Haben Sie Ihren Platz im Leben gefunden?*

Er steckte den Zettel in die Ritze des Sofas. Auch Zettel schreiben und verstecken dürfe er weiterhin, hatte ihm der Filialleiter zugesichert. Dies sei sogar im Interesse des Möbelhauses. Die Kunden würden dadurch noch länger bei den Möbeln verweilen, sie würden erkennen, dass es nicht nur um Möbel, sondern um etwas viel Bedeutenderes ginge. Nur sollten die

Fragen oder Sätze die Kunden nicht unnötig verwirren oder ihnen zu viel zu denken geben, sondern sie zum Kaufen ermuntern. Das würde er doch sicher hinbekommen, hatte der Filialleiter zu Ulrich gesagt und ihn dabei aufmunternd angelächelt.

Ulrich hatte genickt. Sicher würde er das hinbekommen, er war ja nicht blöd. Aber wollte er das auch? Da war er sich nicht ganz sicher, aber vielleicht war das der Preis, den er für das neue Leben würde bezahlen müssen.

Und Giselas Blumenladen? Nun, auch dafür würde sich bestimmt eine Lösung finden. Sie musste ihn ja nicht auf jeder Reise begleiten und vielleicht nicht jeden Tag im Möbelhaus verbringen. Alles ließe sich irgendwie einrichten. Nur jetzt einmal das Leben anpacken, dachte Ulrich, der vermutete, dass diese Gelegenheit nie wiederkommen würde. Er schaute in der Ausstellungshalle umher und hatte das Gefühl, als ob das Möbelhaus ihn in die Arme nehmen würde.

*Schön, dass du da bist. Bleib doch einfach. Wir suchen etwas ganz Besonderes: dich.* Wie oft war er an diesem Satz in der Halle vor den Ausgängen vorbeigelaufen. Ulrich fühlte sich leicht und groß und wunderbar.

Mittags nickte ihm die Kollegin an der Kasse des Restaurants freundlich zu und winkte ihn durch, Ulrich setzte sich ans Fenster und genoss seine Mahlzeit.

Gisela tauchte auf, als er ein Stück Mandeltorte zum Nachtisch aß. Sie ließ sich auf einen Stuhl fallen.

»Ach, es sieht nicht gut aus«, sagte sie sichtlich erschöpft. »Die Stadt hat neue Auflagen hervorgekramt und mein alter Anhänger entspricht nicht ganz den Anforderungen. Doch wo soll ich jetzt bitte einen neuen Caravan auftreiben, ich brauche doch das Geld für den Blumenladen!« Gisela schien den Tränen nahe zu sein. So hatte Ulrich sie noch nie erlebt. War sie sonst immer die Starke gewesen, die vor nichts und niemandem Angst zu haben schien und sich jeder Herausforderung stellte, wirkte sie jetzt fast verzweifelt.

»Möchtest du nicht erst einmal etwas essen?«, fragte Ulrich. Gisela nickte und wollte schon aufstehen. »Nein, warte. Darf ich dich heute einmal einladen?«

»Danke, gerne«, hauchte Gisela nur.

Wenig später kam Ulrich mit Kaffee und Schokoladenkuchen wieder. »Bestimmt wird es eine Lösung geben«, versuchte er sie aufzumuntern und reichte ihr ein Stück Kuchen.

»Das habe ich auch immer geglaubt – dass es für alles eine Lösung gibt. Doch jetzt verlässt mich zum ersten Mal im Leben der Mut.« Gisela wirkte immer noch geknickt.

»Wie wäre es denn, wenn du auch hier einziehen würdest?«, pirschte Ulrich sich heran.

Doch Gisela schien skeptisch. »Mein Leben auf dem Campingplatz aufgeben? Ich weiß nicht. Hier gibt es keinen See und außerdem zu viele künstliche Blumen.«

Ulrich schwieg. Offenbar war es noch nicht der richtige Zeitpunkt, Gisela von dem Angebot des Möbelhauses zu berichten.

Sie saßen noch eine Weile im Restaurant, dann zogen sie gemeinsam durch die Möbelausstellung. Gisela beschriftete zahlreiche Zettel und versteckte sie in Schubladen und Sesselritzen, unter Kissen und zwischen Büchern. Dies schien sie zu beruhigen und ihr neuen Mut zu verleihen. *Schlägt Sie das Leben, schlagen Sie zurück!*, *Wann wollten Sie sich zuletzt in einer Schublade verstecken?* oder *Wieviele Probleme haben Sie schon auf einem Sofa sitzend gelöst?*, konnten die Zettelentdecker lesen.

Am frühen Abend saßen sie in Ulrichs Wohnung auf dem Sofa. Nur noch wenige Besucher streiften durch die Ausstellungshalle, das Möbelhaus würde bald schließen. Gisela war nahe an Ulrich herangerückt und hatte ihren Kopf auf seine Schulter gelegt. Irgendwann wagte Ulrich es, den Arm um sie zu legen.

»Müssen wir uns nicht verstecken?« Gisela saß plötzlich kerzengerade auf dem Sofa.

Ulrich zögerte. »Weißt du …«, hob er an. »Also, am besten geht das in einem Kleiderschrank«, schloss er dann.

Gisela lachte. »Na, dann nichts wie los.«

Wieder hatte er es nicht gewagt, sie ins Bild zu setzen, beschimpfte Ulrich sich innerlich. Sie durchquerten die Ausstellungshalle, Ulrich sah sich ein paar Mal demonstrativ um, dann kletterte er mit Gisela in einen großen Kleiderschrank. Zu zweit war es darin trotzdem so eng, dass sie dicht hintereinander sitzen mussten. Ulrich schob die Tür zu, nur ein kleiner Spalt blieb offen.

»Das ist fast gemütlich«, flüsterte Gisela und schmiegte sich eng an ihn.

Ulrich legte beide Arme um sie. »Wenn die Musik ausgeht und die meisten Lichter abgeschaltet sind, können wir wieder raus«, erklärte er und ärgerte sich, dass er die Kissen vergessen hatte.

Einige Zeit später sah man sie im Dämmerlicht der Ausstellungshalle wieder aus dem Schrank klettern, leise liefen sie zu Ulrichs Wohnung zurück. Ulrich wollte sich schon auf das Sofa legen, doch Gisela zog ihn ins Schlafzimmer. Dort saß er stocksteif auf dem Bett, während Gisela bereits ihre Jacke, die Hose und den Pullover ausgezogen und über einen kleinen Hocker geworfen hatte und sich nun unter die Bettdecke kuschelte.

»Komm, Ulrich«, flüsterte sie.

Ulrich wurde es heiß und kalt. Wurde jetzt wieder alles kompliziert? Wie gerne hätte er sich neben Gisela gelegt und sie einfach still im Arm gehalten.

Gisela setzte sich im Bett auf. Endlich zog er die Jacke aus, faltete sie umständlich zusammen und legte sie auf einen Stuhl. Gisela zupfte an seinem Pullover. Ulrich zog auch den Pullover aus. Mit klopfendem Herzen streifte er schließlich die Hose ab, schlug die Decke zurück und legte sich ins Bett.

# 10.

Als Ulrich erwachte, war Gisela fort. In der Ausstellungshalle war es still. Ulrich setzte sich auf und sah auf den Wecker, der auf dem Nachttisch stand. Halb acht. Giselas Sachen lagen nicht mehr auf dem Stuhl in der Ecke. Hatte er doch wieder alles falsch gemacht? Er hatte Giselas Nähe sehr genossen und irgendwann auch keine Angst mehr gehabt.

Plötzlich war ihm nichts mehr peinlich gewesen, Gisela war bei allem so natürlich und zärtlich geblieben. Schließlich war sie in seinen Armen eingeschlafen.

Ulrich stand auf, und als er sich gerade die Hose angezogen hatte, hörte er, wie jemand in die Wohnung kam. Dann blickte Gisela ins Schlafzimmer.

»Frühstück!«, rief sie lachend. Auf einem Tablett balancierte sie einen Teller mit Knäckebrot, zwei Marmeladengläser und eine Tube mit Lachspaste, dazu zwei Päckchen mit Saft. »Heißen Kaffee konnte ich leider nicht auftreiben.« Gisela stellte das Tablett ab. »Frühstück im Bett?«

»Ja, gerne«, Ulrich strahlte.

Gisela schlüpfte wieder unter die Decke. »Das ist vielleicht ein Gefühl, hier so alleine herumzulaufen. Davon habe ich schon als Kind geträumt!« Gisela war ganz unbekümmert, Gedanken an einen möglichen Sicherheitsdienst verschwendete sie offenbar nicht.

»Stell dir vor, du könntest das immer machen«, fing Ulrich an.

»Im Bett frühstücken?« Gisela sah ihn vergnügt an.

»Das auch. Aber das meine ich nicht. Ich meine, sonntags im Möbelhaus herumtoben, wie es dir gefällt. Und in der Woche auch.«

»In der Woche kann ich doch sowieso hier sein. Sag mal, Ulrich, worauf willst du eigentlich hinaus?«

Jetzt musste er mit der Sprache herausrücken. »Also, es ist so«, Ulrich räusperte sich. »Das Möbelhaus hat mir ein Angebot gemacht. Ehrlich gesagt, sie hatten längst bemerkt, dass ich hier heimlich eingezogen bin. Und nun könnte ich hier tatsächlich auch offiziell einziehen. Und sogar in die anderen Möbelhäuser weltweit reisen. Und das Beste ist: Du könntest dabei sein!«

»Wie? Was? Was ist denn das für ein Angebot?« Gisela sah Ulrich mit einer Mischung aus Staunen und Verwunderung an. »Und wozu soll das gut sein? Ich meine, wozu macht man dir so ein Angebot?«

»Na ja, der Filialleiter verspricht sich dadurch eine bessere Kundenansprache, so hat er sich ausgedrückt. Wir führen den Besuchern vor, wie toll es ist, mit den ganzen Möbeln zu leben. Dann kaufen sie womöglich mehr«, erklärte Ulrich.

Gisela schwieg vollkommen verblüfft. »Ulrich, du willst dich verkaufen?«, sagte sie dann leise und sah ihn entsetzt an.

»Aber bitte. Doch nicht mich. Nur die Möbel. Wenn es denn sein muss.«

»Aber das muss es doch nicht! Kein Mensch braucht ständig neue Möbel. Schon gar nicht, wenn er eigentlich ein neues Leben bräuchte und sich mit den Möbeln nur ablenken will von den eigentlichen Fragen. Das kann doch nicht dein Ernst sein!« Giselas Stimme wurde laut. »Denkst du tatsächlich darüber nach, dich darauf einzulassen? Ein Maskottchen des Möbelhauses zu werden?«

Ulrich schwieg. So hatte er die Sache noch nicht betrachtet. Tatsächlich hatte er nicht das Gefühl, dass es ihm viel ausmachen würde, vor den Besuchern des Möbelhauses zu leben. Dadurch verkaufte er sich doch nicht. Konnte Gisela denn die Vorteile nicht sehen?

»Du müsstest keine Angst mehr haben, wenn es mit dem Campingplatz nicht klappt«, führte Ulrich ins Feld. »Einen Blumenladen kannst du doch trotzdem eröffnen.«

»Ich ziehe ganz bestimmt niemals hier ein, nur weil das Möbelhaus sich davon höhere Verkaufszahlen verspricht. Ich mache mich doch nicht zum Affen!« Gisela sprang aus dem Bett. »Ulrich, was ist denn mit dir los? Das bist doch nicht du!«

Wieso sollte ich das nicht sein?, schoss es Ulrich durch den Kopf. Was ging es Gisela überhaupt an, wie er in Zukunft leben würde? Er regte sich ja auch nicht über ihren Campingplatz auf. Ulrich schwieg trotzig.

»Also, wenn das so ist …« Gisela zog die Jacke über. »Ich habe auf dem Campingplatz noch Wichtiges zu erledigen, und der Notausgang wird wohl auch sonntags offen sein. Warte nicht auf mich.«

Und damit war sie verschwunden.

Betrübt stand Ulrich auf und zog sich an. Hatte er doch den falschen Zeitpunkt erwischt? Oder hatte Gisela etwa recht? Er hatte ja selbst ein kleines Unbehagen verspürt, als der Filialleiter mit ihm gesprochen hatte. Aber konnte er das nicht einfach einmal beiseitelassen und die Vorteile genießen, die das Angebot unzweifelhaft bot?

Ulrich brachte das Tablett in die Küche, schüttelte die Kissen auf und strich die Bettdecke glatt. Eine Weile saß er im Wohnzimmer auf dem Sofa und blickte in die stille Möbelhalle. Dann stand er auf, verließ die Wohnung und schlenderte langsam durch das leere Möbelhaus. Er setzte sich in einen Sessel und betrachtete die leeren Gänge. Wollte er das wirklich jeden Sonntag tun? Doch vielleicht könnte er sonntags auch frei haben und müsste nur während der Woche im Möbelhaus leben.

Ulrich spürte, dass er eine Entscheidung treffen musste. Er holte Zettel und Bleistift aus der Hosentasche und schrieb: *Stellen Sie sich vor, Sie würden jetzt in diesem Sessel eine Entscheidung treffen, die Ihr Leben für immer verändert – welche wäre das?*

Er faltete den Zettel mehrmals zusammen und stopfte ihn zwischen Rückenlehne und Sitzpolster. Dann stand er auf und schlug die Richtung zum Restaurant ein. *Pssst. Hier gibt es ein*

*Bettsofa zu entdecken: Friheten,* las er, als er an einem Sofa vorbeikam, das ihm zuvor noch nicht aufgefallen war.

Das Möbelhaus erfand immer kuriosere Namen für seine Möbel, wunderte Ulrich sich. *Friheten* klang nach Freiheit. War man ein freier Mensch, wenn man dieses Bettsofa kaufte? Aber warum um Himmels willen sollte man ein Bettsofa kaufen müssen, um ein freier Mensch zu sein? War man nicht eigentlich viel freier, wenn man überhaupt kein Bettsofa brauchte, sondern sich einfach so auf den Boden setzen oder legen konnte? In einen kleinen Campinganhänger würde das ausladende Sofa ohnehin nicht hineinpassen, überlegte Ulrich.

Er betrat das Restaurant. Seine Hoffnung hatte ihn nicht getrogen, er sah die Nachtwächterin am Fenster sitzen.

»Da bist du ja«, sagte sie zur Begrüßung.

»Sie wussten, dass ich komme, oder?« Ulrich setzte sich.

»Aber natürlich.«

»Ich möchte mich bei Ihnen bedanken.« Die Nachtwächterin lächelte. »Ich möchte mich bedanken für das, was Sie mir gezeigt haben. Und für das, woran ich Anteil haben durfte. Ich glaube, das hat mein Leben verändert.«

»Das, was du hier gesucht hast, das hast du gefunden, nicht wahr? Du hast dich mit deiner Vergangenheit und mit deinem Leben ausgesöhnt«, sagte die Nachtwächterin.

»Ja, das habe ich. Und ich habe noch viel mehr gefunden. Das dachte ich zumindest.« Ulrich senkte den Kopf.

»Du hast Angst, sie wieder zu verlieren?«

Ulrich schwieg. Er sah auf den Tisch und dann aus dem Fenster auf den leeren Parkplatz.

»Du wirst dich entscheiden müssen«, fuhr die Nachtwächterin fort. Ulrich spürte, dass sie ihn ansah. Er wandte ihr den Blick zu.

»Darf ich Sie etwas fragen?«

»Sicher.«

»Wer sind Sie?«

Die alte Frau schwieg.

»Sie sind doch keine Nachtwächterin, oder? Ich meine, Sie arbeiten hier nicht. Doch ich habe das Gefühl, dass Sie immer da sind. Auch dann, wenn ich Sie gar nicht sehen kann. Und Sie haben sogar an meinem Bett gesessen, als ich gestorben war.« Die Nachtwächterin blickte ihn sanft an.

»Ich bin die, die ich bin«, sagte sie dann. »Die, die ich immer schon war und auch immer sein werde. Die, die immer für dich da ist und dich nie verlässt.« Sie nahm Ulrichs rechte Hand in ihre Hände.

»Sind Sie Gott?«, fragte er leise.

»Wenn das dein Name dafür ist, dann bin ich das«, sagte sie und hielt seine Hand fest. Ulrich spürte die Kraft, die in ihren alten runzligen Händen lag. Sie musste noch älter sein, als er angenommen hatte.

Eine Weile saßen sie schweigend da, dann stand die alte Frau auf. »Es wird Zeit«, sagte sie. »Und hab keine Angst, sie wird wiederkommen. Aber womöglich nur einmal.«

Die Nachtwächterin sah Ulrich noch einmal freundlich an und ging dann langsam zum Ausgang des Restaurants, wo sie sich umwandte und winkte. Ulrich winkte zurück. Es war wieder vollkommen still im Möbelhaus. Auf dem Parkplatz fuhr der Wind in die Blätter der Bäume, am Himmel zogen Wolken vorbei.

Ulrich sah sich nicht um, als er das Restaurant verließ. In den folgenden Stunden durchstreifte er das leere Möbelhaus. Er lief durch die Ausstellungshalle, die Markthalle und die Selbstbedienungshalle. Hier und da griff er nach einem Kissen, einer Packung Servietten oder einem Glas, hielt es in der Hand und stellte es dann wieder zurück. Vor dem Kinderparadies blickte er lange ins Bällebad, dann setzte er sich auf ein Sofa in der Eingangshalle und sah zum leeren Bistro hinüber. Er stellte sich die Besucher vor, wie sie mit vollgetürmten Wagen das Möbelhaus verließen, um ihr Leben neu einzurichten. Hatten sie im Möbelhaus die richtigen Entscheidungen getroffen? War es überhaupt richtig gewesen, hierher zu kommen? Oder hätten einige von ihnen, statt neue Möbel zu kaufen, etwas anderes und viel Wichtigeres erledigen können?

Ulrich ließ seinen Blick über die leeren Kassen schweifen. Mit seiner Hilfe sollten sich die Schlangen an den Kassen noch verlängern, sich die Möbelpakete auf den vollbepackten Wagen noch höher türmen. Doch was machte das alles für einen Sinn?

Ulrich stand auf, durchquerte den Kassenbereich, lief durch die Selbstbedienungshalle und blieb vor dem Bett stehen, das noch immer zwischen den Gartenmöbeln in der Mitte des Ganges stand.

Er würde nichts mitnehmen können, wenn er am Ende seines Lebens und am Anfang von etwas Neuem in einem Bett liegen würde. Dann würde er endgültig keine neuen Bücherregale, Lampen oder Kerzenvorräte mehr brauchen. Und brauchte er nicht auch jetzt etwas anderes viel dringender? Eine Gefährtin, mit der er gemeinsam auf Beobachtungsreisen gehen konnte, einen Menschen an seiner Seite, mit dem er lachen und herumalbern konnte, um das Leben zu bewältigen?

Gisela war solch ein Mensch. Er wollte so gerne noch mehr von ihr erfahren, er wollte sie still beobachten und gleichzeitig mit allen Sinnen wahrnehmen. Und auch er selbst wollte sich von Gisela wahrnehmen lassen. Gegenseitig könnten sie ihre Eigenheiten und absonderlichen Verhaltensweisen beobachten, nichts davon würde verloren gehen, wenn es durch den anderen gesehen würde. Giselas Leben könnte in seiner Wahrnehmung aufgehoben sein, wie auch seines in ihrer.

War das nicht überhaupt die Aufgabe, die sich ihm nun stellte? Noch vor wenigen Tagen hatte er sich völlig unbeachtet und für die anderen geradezu unsichtbar gefühlt – doch die Nachtwächterin hatte ihn von Anfang an gesehen und ihn begreifen lassen, wie wichtig und besonders er für sie war. War es nicht jetzt an ihm, daraus die richtigen Folgerungen für sein Leben zu ziehen?

Ulrich setzte sich auf das Bett. Er fühlte sich ganz leicht. Sein Blick wanderte über die hohen Regale, auf denen sich bis zur Hallendecke die Pakete türmten. Das alles hatte nichts mehr mit ihm zu tun.

Als er wieder durch die Möbelausstellung ging, blieb er an einem gedeckten Esstisch stehen. Und tatsächlich, unter einen Teller geschoben fand er den Zettel wieder. Er faltete ihn auseinander und las noch einmal: *Fühlen Sie sich in Ihrem Leben auch so echt wie dieses Salatblatt?*

Ulrich legte den Zettel zurück, dann ging er weiter.

Am nächsten Morgen strömten wie immer zahlreiche Besucher durch den Eingang des großen Möbelhauses. Manche von ihnen gingen zunächst in das Restaurant, andere wiederum nahmen sofort die Möbelausstellung in Augenschein. Auch ein Mann mit einem altmodisch wirkenden Hut fuhr auf der Rolltreppe in den ersten Stock hinauf.

Bereits kurz nach Öffnung verließen ein Mann und eine Frau mittleren Alters das Möbelhaus durch den Ausgang wieder. Der Mann trug einen Rucksack und eine kleine Reisetasche und ergriff mit der freien Hand die Hand der Frau. Sie überquerten den Parkplatz, der sich immer mehr füllte, und waren bald nicht mehr zu sehen.

Es sah so aus, als hätten ihre Erledigungen im Möbelhaus nicht viel Zeit in Anspruch genommen oder als gehörten sie zu den Glücklichen, denen immer gleich einfiel, was sie brauchten, und die sich daher nicht mit langen Entscheidungen aufhalten mussten.

Alle Personen und Begebenheiten in diesem Buch
sind frei erfunden.

MIX
Papier aus verantwortungsvollen Quellen
FSC® C014496
www.fsc.org



1. Auflage 2020
Bestell-Nr. 835277
ISBN 978-386334-277-7

Umschlaggestaltung: Grafikbüro Sonnhüter, www.grafikbuero-sonnhueter.de
Satz: Vornehm Mediengestaltung GmbH, München
Druck und Verarbeitung: GGP Media GmbH, Pößneck
Printed in Germany

www.adeo-verlag.de